なぞとき紙芝居

中村ふみ

角川ホラー文庫
18984

なぞとき紙芝居

目次

人物紹介

御《み》劔《つるぎ》耕《こう》助《すけ》

年齢不詳の自称
「紙芝居屋」。
喫茶店〈ひがな〉の
地下に亀とともに住む
海草系和服男子。

木《き》崎《ざき》　奏《かなで》

合気道をたしなむ
高校2年生。
真面目な好青年だが、
ちょっとだけ恐がり。

沙《さ》弥《や》子《こ》

喫茶店〈ひがな〉の
女主人。
御劔との関係は
不明。

留《る》美《み》

沙弥子の娘。
小学生。

イラスト／くにみつ

第1話
バッドエンドの男

1

提灯《ちょうちん》を飾り付けていくと、夏祭りなんだなと思う。

「カナちゃん、これ運んでくれるかい」

「今、行きます」

首筋を汗が伝っていく。みんなけっこう人遣いが荒い。

高齢者の多い町内会にあって、体力のある高校生は重宝されていた。夏風邪で熱を出した母親の代わりに裏方で参加する羽目になったが、やってみると、最初思ったほど嫌でもなかった。スポーツ刈りが伸びたような髪と半袖《はんそで》からのぞく引き締まった二の腕は、見るからに爽《さわ》やかな体育会系少年で大人たちの受けも良い。

そんなことまでは木崎奏《きざきかなで》本人は知らないが、なりゆきとはいえ、やるとなったら気合いを入れるのが男ってもんだと思っている。そのように頑固者の祖父に育てられてきた。その祖父も二ヶ月前に妻を亡くしてからは少々元気がないのだが……。

「そこのビールケースも運んでおきますか」

「おう、頼むよ。いやあ、若い子がいるといいよ」

力仕事を受け持つのは仕方ない。奏は言われるより早くテキパキと動いた。

「いやあ、カナちゃんのおかげで助かるよ、未来の町内会長だな」

「今から目をつけないでください」

会長に太鼓判を押され、奏は全力で首を横に振った。決して好きでやっているわけではないのだ。親父は家に寝るためだけに帰ってくるような猛烈企業戦士とやらだし、姉は嫁にいっている。

山に囲まれたこの町に住み続けるのかどうかも怪しい。奏にだって人並みに都会への憧《あこが》れはある。

「期待したくもなるよ。過疎になられちゃ困る」

郷土愛もさることながら、アパートなどを手広く賃貸経営している会長にとっては死活問題だろう。

この町内も人が減って活気がなくなったらしい。納涼祭の人集めだけでも苦労しているようだ。今年は親子を呼び寄せるため、紙芝居屋を呼んだという。今どき紙芝居屋なんているのかと驚いた。小学校の課外授業で妙に説教臭い紙芝居を見せられたことはあったが、面白いとは少しも思わなかった。

「ええっ、なんだって」

後ろから素《す》っ頓狂《とんきょう》な声が聞こえてくる。副会長が携帯で話していた。

「まいったな、そりゃ。とにかくわかった、お大事に」

会話を終えると、すごい顔をして駆けてくる。

「まずいぞ、紙芝居屋が足の骨を折って来られなくなった」

えっと声が上がった。紙芝居は子供向けのメインイベントだ。プログラムでも盆踊りと同じくらい大きく取り上げられていたのだ。会長以下、大いに慌てているのがわかる。

「どうする。他に紙芝居屋はいないのか」

「そんな骨董品《こっとうひん》みたいな人がいるわけないでしょ」

「こりゃあ、事情を話して紙芝居を中止にするしか」

大人たちが善後策を話し合っていたとき、子連れで手伝いに来ていた女性が、そういえば、と顔を上げた。

「うちの父親がよく行く喫茶店に紙芝居やっている人がいるんだって。小清水《こしみず》の方。ここから北にいったトンネルの方の、ほら、あの古い郵便局の近く」

「ほんとかい。連絡とれないか」

「ちょっと待って」

女は携帯を出して父親と話し始めた。店の名前と場所、電話番号を聞き出す。

「あの昆布男が役にたつかなって言ってたけど……、でも番号は聞いたから、会長さん交渉してくれる？」

そんな様子を眺めつつ、奏は盆踊りのやぐらの台座を組む。どうなることやら。

（しかし、昆布男ってなんだろう）

喫茶店に電話をした会長が振り返った。

「店のママが言うには少し変わった紙芝居をやるんだそうだ。今、外に出ているけどすぐ戻ると思うから、本人と会って確かめた方がいいって言うんだよ。悪いけど、誰か行ってくれるか」

が、このとき生憎《あいにく》すぐに車を出せる者はいなかった。視線が奏に集まる。

「……おれ？」

「カナちゃんなら自転車ですぐだろ、頼むよ。今夜だから急がないと」

住所を確認する。昔ながらの円筒形のポストが置かれた郵便局の前なら車で通ったことがあると思うが、喫茶店などあっただろうか。よくわからないが、たぶん行けるだろう。

奏は自転車にまたがると、一路喫茶店〈ひがな〉へと向かう。任せておけとも言わないが、厭《いや》とも言わない。一番動ける人間がやることをやるだけだ。いかにも教育的な、子供が見てもつまらない内容だったら、その場でダメ出ししてやろうと思っていた。夏祭りは娯楽であるべきだ。

すぐなんてとんでもない。若くて体力のある奏でも自転車で三十分近くかかった。

このあたりは山に囲まれている。辺りの住宅や店舗も時代を遡《さかのぼ》ったように古い家屋が多い。欠けたブロック塀と瓦屋根《かわら》。壁には未《いま》だにホーロー製の看板が張り付いている。キリストを信じないと地獄に墜《お》ちるぞという謎の脅し文句と、レトルトのカレーを手に微笑む和服のご婦人だ。

「暑い……」

目的の店を見つけ、奏は汗を拭《ふ》いた。田舎の〈近く〉はけっこう遠いのだ。古くてあまり喫茶店らしくない。今まで気付かなかったわけだ。ひっそりレトロな雑貨でも売っていそうな店だった。

「ここか」

〈ひがな〉という店名がどういう意味かはわからなかった。とりあえず、店に入る。

いらっしゃいませ、と応《こた》えたカウンターの中の女性に切り出す。

「すみません、先ほど電話した桜山町《さくらやままち》町内会の者です」

「あら、こんな若い人が来るとは思わなかったわ」

三十ちょっとほどの綺麗《きれい》な人だった。

「使いっ走りなんです」

「感心ねえ。ちょっと待ってて、さっき帰って来たから話しておいたの。でも、いいのかしら。あいつの紙芝居は万人受けするようなものじゃないのよ」

女性は奏にお冷《ひや》を渡すと、奥の衝立《ついたて》の陰にある扉を開けて紙芝居屋を呼びに行った。あそこから裏に出られるのだろうと思い、奏はカウンターの椅子に座って待つ。冷たい水が美味《うま》かった。

数人の客がいて、小さくとも居心地の良さそうな店だった。高校生の奏にはよくわからないが、たぶん昭和風のインテリアなのだろう。祖父の家もこんな感じだった。

「おい、本気であの磯《いそ》で伸びてる昆布みたいなのに頼む気か。おらぁ、娘に冗談で言ったんだぞ」

カウンターにいた年配の男が呆《あき》れて声を上げた。紙芝居屋の情報をくれたのはこの人らしい。

「そのつもりです。会長、ほっとしてました」

「あの地底人が役にたつのかねえ」

地底人だの昆布男だの、まるで妖怪《ようかい》のようだ。奏も不安になってくる。

戻ってきた女性がこっちこっちと手招きした。

「内容を確認して決めた方がいいわ。この下の部屋にいるから。すっかりその気になっちゃって、どのお話がいいか、考えているところよ」

どうやら喫茶店の下に紙芝居屋はいるらしい。だから地底人なのか、と納得する。

この人のご主人なのだろうか。地下に工房を構えているとは、意外と本格的なアーティストなのかもしれない。

「なあ、沙弥子《さやこ》さん。あれなんなんだい。ほんとは内縁の亭主なんじゃないの」

「ないない」

そんな会話が聞こえてきた。

「紙芝居屋っていってもただの道楽なんだろ。なあ、あんな頼りにならないのほっといて、おらと一緒にならないか」

「山田さん、奥さん大事にしないとコーヒーに唐辛子入れるわよ。あ、明日《あした》の午後はわたしいないの。店番はあのワカメだからね」

「なんだ、それなら明日は来なくていいな」

常連と店のママの会話を聞きながら地下への階段を降りていく。

「なら奥さんに教えておいて。たぶん、来てくれるから」

「あいつもここ来てるのか」

「耕助《こうすけ》のこと、病み上がりの昭和の文豪みたいで世話したくなるって、奥さん言ってたわよ」

「あんのやろ。おれの世話はしねえくせに」

ついに妖怪に昭和の文豪も加わった。どんな男なのか、奏には想像もつかない。

階段の下は引き戸になっていた。ノックして声をかける。

「あの桜山町町内会の――」

「待っていたよ、入って」

男の声がした。ほっとして戸を開ける。

「うわあ！」

奏は目を瞠《みは》った。地下への階段を降りた先でタイムスリップでもしたような感覚にとらわれた。

蒸し暑い十畳ほどの部屋には〈今〉がなかった。壁も床も、置かれている机も椅子も、雑貨すべて半世紀ほども前のものに見えた。

積み重なった古い本。その上に無造作に置かれた白い狐となまはげのお面。壁には神棚があった。お札のようなものも何枚か壁に貼られているが、よく見ると壁の穴を塞《ふさ》いでいる。小さな夕焼けの絵が一枚壁にかかっていた。

骨董屋とリサイクルショップが適当に混ざったような部屋だ。古い納戸のような匂いも厭なものではない。知らない世界なのに懐かしくて、胸がきゅっとした。

そこに立って、二枚の画《え》を見比べている男もまた、今を生きているようには見えなかった。物憂げな白黒写真が似合いそうな――そんな印象だった。

「僕は御劔《みつるぎ》耕助。紙芝居やらせてくれるのは君？」

男はじっと奏を見つめてきた。心なしか丸眼鏡の下の黒目がちな目がうるうると潤んでいる。

（和服男子だ……！）

日常生活ではなかなかお目にかかれないので驚いた。年の頃は三十前くらいだろうか。紙芝居屋というので、勝手に中高年をイメージしていた奏にはこれも意外だった。

ついでに昆布男の意味もなんとなくわかった。本人も揺れている雰囲気だが、髪が海藻のように緩く波打っている。

「あ、はい。木崎奏といいます。うちの町内会で今夜納涼祭があるんです。予定していた紙芝居の人が来られなくなったもので、急なことで申し訳ないんですが、子供たちのために是非にと会長が。少ないですが、お礼も用意してるそうです」

奏は頭を下げた。

「はぁ、感激」

御劔がうっとりと目を泳がす。頬は上気していた。

「久しぶりなんだ。こんなご時世だから、泣けるほど需要がなくて。納涼祭なら怪談はどうかな。涼むよぉ」

こういうの、と御劔は一枚の画を見せた。少年少女たちがゾンビになっていく恐ろしい画だった。絵柄は昔の少女漫画と竹久夢二を融合したようにも見え、それが逆に独特の禍々《まがまが》しさを増している。怪談と聞いてお岩さんや牡丹灯籠《ぼたんどうろう》を思い浮かべていたが、バリバリの現代モノらしい。

「ホラーとかいいですね」

奏も賛成した。どうやら思想臭いものではなさそうだ。かなり怖い。

「本当にこれでいい？　ちゃんと許可してもらいなさいって沙弥子さんにも念を押されているんだよ」

沙弥子さんというのはさっきの女性だろう。

「このくらい怖くなきゃ今の子供は動じませんと思う。」

「そりゃ良かった。自信作だったんだよ。やっと日の目を見られる」

「自分で描くんですか」

「そう。物語も画も自分で作って、自分で見せる。もちろん、昔は分業だったさ。物語を考え、絵を描く〈絵元〉がいて、〈貸元〉がいて、〈支部〉って呼ばれた親方みたいなのがいて、〈売人〉つまり街の紙芝居屋がいた」

自転車に乗ってやってくる紙芝居屋の写真は見たことがあった。空き地かどこかに子供が集まってみんなで楽しんだようだ。当時はそれだけの分業ができるほど、需要があったのだろう。

「ほらね、これがのらくろ。こっちが赤胴鈴之助《あかどうすずのすけ》。昔のもいくつか残っているけど、保存状態が良くなかったから、上演には向かないんだよね」

御劔が見せてくれた古い紙芝居の画は、すっかり色褪《いろあ》せ、人の顔もわかりにくくなっていた。

「昔の子供は紙芝居にお小遣いを出したんですか」

「紙芝居で子供を誘い込んで、駄菓子を売る。駄菓子を買った子は紙芝居を見せてもらえる。今で言えばテレビ番組とCMの関係に似てるかな」

知らなかった奏は素直に驚いた。子供に夢を与えるとかいう綺麗事《きれいごと》ではない現実を、紙芝居屋も生きていたのだ。

「半世紀くらいも前のことだよ。僕もそんな時代は知らない」

そこから部屋の中の古い物に話題が移り、御劔は嬉《うれ》しそうに話してくれた。

「これが昔のラジオ。こっちはソノシートって、ペラペラのレコードね」

「へえ。あ、これ、格好いい椅子ですね」

「戦前のアメリカ製らしい」

座ってみたいと思わせるような立派な安楽椅子だった。だが、何故か座ってはいけないような気がした。

「御劔さんは昭和グッズのコレクターなんですか」

「違うよ。全部死んだ祖父が遺《のこ》したもの。意外に神社のものもあるだろ」

ぽんと大きな鈴を叩《たた》いた。神社で鳴らす鈴のようだった。

「ずっと昔の物なら歴史的価値で見てしまうけど、このくらいの古さの物ってのは、まだ人の生活の温《ぬく》もりが残ってるから、逆に処分しにくいんだよね。おまけに捨てたら罰があたりそうなものもあるから。踏ん切りがつかなくて、このザマ」

奏の祖父の家にもこういうのは多い。こけしやら、観光地の三角ステッカーやら、鮭を咥《くわ》えた熊やら。

「剝製《はくせい》ですか、この亀——わっ」

亀の頭を撫《な》でようとしたら、いきなり噛《か》まれそうになった。慌てて手を引っ込める。

「生きてるよ。けっこう肉食だから気をつけて」

「……ペット？」

四十センチほどの茶褐色の亀だった。威圧感のある目で奏を睨《にら》み付けてくる。

「貰《もら》ったミドリガメなんだけど、予想外に大きくなっちゃって」

「これ、あの縁日かなんかで売ってる小さい亀ですか」

こんなに大きくなるものだったのかと驚く。

「さすがにここまで大きくなるのは珍しいんじゃないかな」

亀がワニやトカゲと同じ爬虫類《はちゆうるい》であることを改めて思い知らせてくれるような、なかなかに凶悪な面構えだった。

「お……お名前は？」

「ぼっけ」

ふきのとうのことだ。

可愛いですね、とでも言うべきかと思ったが、不器用なまでに真っ直ぐな心根の奏に、あからさまなお世辞は言えなかった。

「あ、じゃ、今夜お願いします。ここが納涼祭の会場で、午後七時までに来てもらえたら」

「キメていくよ」

メモを渡し、時間と場所の確認をして、奏はやっと暑い部屋を出て店に戻ることができた。

「話はついたみたいね。普段ぼけっとしているのに、好きなことだと熱く語りたがるから、大変だったんじゃない？」

「はい、あ、いいえ、おかげで助かりました」

礼を言われ、沙弥子もほっとしたようだった。

「ううん。こっちこそありがたいわ。耕助ときたら紙芝居ができなくて抜け殻みたいになっていたんだもの」

夫婦でも身内でもなさそうだが、面倒見のいい姉のようだった。

安堵《あんど》して店の外に出ると、奏は携帯で紙芝居屋が来てくれることをメールした。これでゆっくり戻れる。

来たときの半分の速度で奏は自転車を漕《こ》いだ。市内でもあまり知らないところがあるものだなと思う。〈ひがな〉の周りと自分が住む地域は少し空気が違っていた。昭和から現代に戻っていくような錯覚があった。


納涼祭は夕方五時から始まり、六時頃には多くの町民が集まっていた。奏は祖父を誘ったが、出て来ようとはしなかった。

すっかり引き籠《こ》もり老人だ。

木崎平治《へいじ》は元自衛官で、幼い孫に合気道を叩き込み、有段者にまでした気骨溢《あふ》れる男だった。祖父の世代なら懐かしいであろう紙芝居を見れば、少しは元気になるかと思ったのだが……。

一時間、鉄板で焼きそばを焼き、奏は仕事から解放された。かなり暗くなってきた頃、声をかけられた。

「よっ、木崎。これおまえの町内だったの？」

同級生の日吉智人《ひよしともひと》だった。どういうわけか中学一年からずっと同級生だ。長い付き合いだが、一瞬誰だかわからなかった。髑髏《どくろ》のTシャツを着て、前髪にメッシュを入れた姿など初めて見る。

「なんでここにいる。その髪ばれたらまずいぞ」

「通りがかっただけだよ。おまえ、夏休みでも堅いな。だいたい町内の夏祭りに出るとか、どんだけクソ真面目なんだよ」

日吉の認識では、町内納涼祭に遊びに来ただけでクソ真面目ということになるらしい。飾り付けから焼きそば作り、果ては出演交渉にまで参加してしまったと言ったら、なんと表現されるのだろうか。

「焼きそば食うか、二百円だ」

「金とるのか」

「当たり前だろ、おれだって払ってる」

そんな会話をして、高校生二人、車止めに腰をかけ並んで焼きそばを食う。チャラ男の日吉とは性格が違うが、仲は良かった。

「夏休みでも暑いだけで田舎じゃぱっとしねえよな。東京行きてえ」

「もうじき紙芝居が始まる。おまえも観ていけ」

「かっ、紙芝居？」

日吉は露骨に顔を歪《ゆが》めた。

「警察が幼稚園でやる交通安全とかのアレか？」

日吉のイメージもそんなものらしい。

「いや、納涼祭だから怪談やるって言っていた」

「どうせ子供騙《だま》しだろ。んなもんオカルト好きのおれに見せるなよ。食ったら帰る」

「おまえオカルト好きだったのか」

初めて聞いた。

「おまえ筋肉バカだもん、話題にしねえよ。兄貴が詳しくてさ。本人霊感あるって言ってるし。門前の小僧みたいになっちまった。中二病兄弟」

日吉は笑った。そうか、おれは筋肉バカと思われていたのか、と軽くショックを受ける。合気道部などないので、部活にも入っていなかったのだが。

そのときちょうど、スクーターが近づいてくるのが見えた。浴衣《ゆかた》に白いヘルメットをかぶっている。

「何あれ？」

「紙芝居屋さんだ」

日吉は目を丸くした。

「……イメージと違うな」

スクーターを停め、御劔が奏に手を振った。スクーターの後ろに紙芝居の木枠などを載せている。

「やっ、お招きありがとう」

「すみません、助かりました」

「子供けっこういるねえ……どきどきしてきたよ」

ヘルメットを外し、代わりに白いパナマ帽を頭に乗せる。足下も草履《ぞうり》だった。奇妙な格好だが、これが御劔の紙芝居用の衣装なのだろう。無精髭《ぶしょうひげ》も剃《そ》ってきてくれた。こざっぱりと粋《いき》な和服の男がそこにいた。

「日吉、手伝ってくれ」

「あ、ああ。なんか面白そうな人だな。やっぱり観ていく」

日吉がこっそり囁《ささや》いた。

御劔を会長に紹介し、怖さが増すように下からスポットライトを調整する。広場の一角に子供たちを集めた。

変わった風体の男が紙芝居をやるとなって、大人たちも遠巻きに見物に入る。

「お坊ちゃん、お嬢ちゃん、善男善女の皆様方。今宵《こよい》、真夏の暑さも凍り付く、世にも恐ろしい物語をとくとご覧くださいませ。では、はじまりはじまり」

上、右、左、と木枠の扉を開けていく。柔らかく、それでいて少し気取った声が意味ありげで、期待値を上げていった。

《逃げられると思ったのかい》——おどろおどろしい題字が現れる。紙芝居のタイトルとも思えない。

『目の前の廃墟《はいきょ》を見つめ、エリカは震え上がった。「いやよ、あたし怖いわ」何十年も前から誰もいない古い病院は、闇の中で魔王の城のごとくそそり立つ。ダイチとハルマとルルは怖がるエリカを笑っていた』

廃墟の病院に肝試しにきた中学生という設定らしい。主人公のエリカはツインテールの可憐《かれん》な美少女だ。登場人物の名前が一部やけにキラキラネーム風なのは狙いか。あえて抑揚を抑えた語り口に想像が膨らむ。

次々と画が変わり、話が進んでいく。彼らは廃墟の中に入っていき、風の音にも怯《おび》える。いじめっ子というほどではないだろうが、どうやら三人はエリカを怖がらせようとしているらしい。

『霊安室と書かれた部屋の扉を開けた。死んだ人を保管しておく場所だ。夏なのにひどく寒い部屋だった。エリカは半べそで「帰りたい」と言うが、ダイチはそんなエリカの背中を押して最初に入らせた』

子供たちはエリカに感情移入していた。ダイチたちが憎たらしい、という気持ちになっている。霊安室の中は地獄の落とし穴のようだ。

『先頭を歩かされたエリカが「きゃあああ」と悲鳴を上げた。死がいを置くベッドの下からにょきっと手が伸び、エリカの足を摑《つか》んだのだ』

この画は本当に恐ろしく、すでに小さい子は涙目になっていた。飲み食いしながら見ていた子供の手も止まる。

ダイチたちはびっくりした顔で叫びながら逃げていく。エリカは足を摑まれ逃げることも出来ず転んだ。ベッドの下に血だらけで包帯を巻いた人物を見つける。泣きながら這《は》いつくばって逃げるエリカ。

怖すぎて見せられないと思ったか、一人の母親が小さな子を抱えてその場を去っていった。奏には面白いが、あまり怖すぎてもあとで問題になるかもしれないと少し心配になってくる。

一人になったエリカを次々と怪奇現象が襲う。おぞましい笑い声、ラップ音。廃墟にエリカの悲鳴が木霊《こだま》していた。

『そのころダイチ、ハルマ、ルル、そしてもう一人、頭に包帯を巻いたナイトがにやにやと笑っていた。「エリカったら馬鹿みたいね」「大成功だな」待ち伏せしてエリカの足を摑んだのはナイトだった。初めからエリカを怖がらせるためだけに仕組まれたものだった。四人は立ち上がり、「さあ、もっと怖がらせるぞ」』

ここで彼らはゾンビのような扮装《ふんそう》をする。一方エリカは一人で幽霊病院から逃げようとしていた。階段を駆け下りれば、正面の玄関がある。

『そのときエリカの前に四体のゾンビが現れた。血みどろのボロを着て、顔は半分腐っている。ゾンビは言う。「逃げられると思ったのかい」』

すぐさま次の画に変わる。漫画のコマ並みに画が多い。

『「いやあ！」エリカは階段を転げ落ちていった。あっとダイチたちは声を上げ、手を差し伸べるが間に合わない』

次の画で子供たちから怯えた声が漏れた。階段から落ちたエリカの体は、頭も手足もあらぬ方向に曲がっていたからだ。口からは血を吐き、目はかっと見開かれている。

話の展開に、大人たちも顔が引きつってきた。しかし、興が乗ってきた御劔の語り口はますます磨きがかかる。

なんとダイチたちはエリカの亡骸《なきがら》をそのままにして、逃げようとする。自分たちが口裏を合わせればエリカは一人でここに来て勝手に落ちて死んだことになるからだ。

しかし、いくら押しても叩《たた》いても扉は開かない。

『「あたしを殺したわね」四人の後ろでエリカの声がした。「逃げられると思っているの」』

みんなで死にましょうよ――エリカが笑ってそう言うと、四人は震えながら後ずさった。きいきいと頭上から音がする。見れば、天井の古いシャンデリアに何人もの腐った死人が乗っていた。

『ガシャガシャガシャーン。落ちてきたシャンデリアが四人を無残に潰《つぶ》した』

潰れたダイチたちは目玉が飛び出て、内臓がはみ出ていた。画の怖さが半端ない。

夏祭りも凍りつく。何故病院にそんなすごいシャンデリアがあるのかというツッコミも出ない。

『いい気味、罰が当たったんだわ。エリカはそう思い、かつての友達の亡骸を見おろして笑った。あたしは帰らなきゃ、ママが心配している。そう思ったとき、エリカは窓硝子《ガラス》に映った自分の姿を見た』

エリカは自分が死んだことに気付いていなかったらしい。ツインテールは顔色と同じ紫色になっていた。後ろにねじ曲がった首と背中から飛び出たあばら骨を見て、エリカは絶叫する。ムンクの叫びのような顔になった。

『五人の少年少女たちは二度と帰ることはない。幽霊病院はいつでも入院患者を受け入れる。ご希望の方はどうぞ……これにて一巻の終わり』

闇の中に廃墟がぽつん。そんな画で、この物語は終わった。

終わった途端、泣き出す子が出た。これで終わりなの、なんでこんな紙芝居やるのよ、と保護者から怒りの声まであがる始末。

場を和ませようと、会長が急いで盆踊りの指示を出した。このどん引きな空気を賑《にぎ》やかな曲で誤魔化す。脳天気などんぱん節のメロディが恐怖紙芝居の余韻を強引に吹き飛ばしていた。

盆踊りを横目に、紙芝居の片付けを終えて、奏は御劔と日吉と一緒に車止めに腰を下ろした。

「ごめん、なんだか君まで怒られたみたいで」

御劔は帽子を取って、苦笑いした。

「ちっちゃい子には怖すぎたかもしれないけど、面白かったですよ。目が離せなかった」

ある意味、教訓紙芝居だったのかもしれない。むやみに心霊スポットなど探検したらこんなことになっちゃうかもしれませんよ、という強烈な内容だった。

「そうそう、すげえいかしてた。こいつ、ホラーだって最初に言いましたってうるさいおばさんに言い返してたもんね」

日吉も太鼓判を押すが、余計な一言も付け加える。

「たぶん、今夜うなされるガキンチョいっぱいいるだろうな。笑えるぅ」

「怪奇ものだからね。うなされてくれたら、成功だよ」

けっこう狙い通りだったようだ。

「ね、今度どこでやるんすか」

「どこからも呼ばれないんだよ」

日吉に訊《き》かれ、御劔は溜息《ためいき》を漏らす。はらりと垂れた前髪が彼の落ち込みをわかりやすく演出していた。

「怖いのはいいんですけど、なんであそこまで救いようのない終わり方したんですか」

奏としては、少年少女が友情を取り戻し、愛と勇気で悪いゾンビを倒してすっきり終わってほしかった気がする。たぶん、この発想もホラーとして間違っているのだろうけれど。

「……バッドエンドしか作れないんだ」

ちょっと寂しそうに笑った。

2

その二日後。奏は再び〈ひがな〉に向かっていた。

なんのことはない、ゆうべ紙芝居の内容に動揺した会長が御劔への報酬を渡し忘れてしまったのだ。

報酬といっても五千円なので、お車代とでも言った方がいいのかもしれない。町内会が出せるのはそのくらいなものだ。炎天下に自転車で片道三十分。面倒ではあるが、御劔に会えるのは楽しみだった。

　あんな変な大人はそうそういるものじゃない。

　店は十一時開店。謝礼を届けることは電話で伝えてある。五分ほど早く着いたが、開いているだろうかとドアを引いた。店内には誰も見えない。

「あのお、桜山町町内会の――」

「カナちゃん！」

　カウンターに突然御劔が現れた。何か作業をしていたのか、しゃがんでいたらしい。にしても〈カナちゃん〉はやめてほしい。町内会長たちがそう呼んでいたのを聞いていたせいだろう。

　ご町内の皆様には子供の頃から知られているので仕方ないのだが、知り合ったばかりの人に呼ばれるのは抵抗があった。

「わざわざごめん。暑かっただろ」

　御劔は着流しに襷《たすき》をかけていた。着慣れた印象どおり、普段から着ている人らしい。そのわりに緩く波打つ髪型や銀縁の眼鏡のせいか、手打ち蕎麦《そば》屋のオヤジのような男気溢《あふ》れる和風にも絶対に見えない。タキシードでも着せたら流行の執事にでも見えるのかもしれない。

「二時まで店番なんだ。ランチの仕込みをしてたとこ」

「作れるんですか」

「ここには飲み物以外、カレーとチャーハンとサンドイッチしかないんだ。カレーは沙弥子さんが朝作ってくれてるからたいしたことはないよ」

その割に葱《ねぎ》を刻む包丁さばきは鮮やかだった。

「あの地下って下宿ですか」

「自宅。僕が店と裏の家を沙弥子さんに貸している」

大家だったのかと納得する。

「紙芝居は？」

「隠居の道楽扱いされてるよ」

奏は封筒に入った謝礼をカウンターに置いて、差し出した。

「少ないですが、町内会からです。領収書お願いします」

御劔は封筒の中の五千円札に目を潤ませた。

「紙芝居で収入を手にしたのは一年ぶりだ。ありがたいな。子供泣かせちゃったのに」

「それくらいインパクトがあったってことです」

なめてかかっていたら予想外に楽しんだ、という声もけっこうあったのだ。和風洒落者《しゃれもの》の紙芝居屋自体も面白がられていた。

「夢は紙芝居の利益で納税することだよ」

「それはけっこう途方もないです」

奏も言うときは言う。

「でも、紙芝居っていうと、学校のイベントでやるような教訓みたいなのばっかりだと思ってました」

「戦中なんかも紙芝居は利用されたから、結局、今もそういうとこあるのかな。親や学校が眉《まゆ》をひそめるような内容の方が面白いに決まってるんだけどね。エログロみたいなのも多かったんだよ。そういうの飴《あめ》を舐《な》めながら、みんなでドキドキして観るわけ。少ない小遣い使って楽しむんだから、それぐらいでないと」

やっぱり昔の子もそうだったのか、と感心する。

祖父の思い出話に付き合うことも多かったせいか、こういう昔話は苦にならなかった。

「これ付け合わせのサラダに使うんですか」

茹《ゆ》でた鶏《とり》のササミをざるにいれて冷ましていた。

「これはうちのばっけのご飯。お店のサラダは特売のハム」

「亀の方がいいもん食べてますね……」

「いやあ、我が儘《まま》な子で」

「……亀は？」

辺りを見回した。

「店には連れてこないよ。衛生面の問題もあるから、沙弥子さんに怒られる」

それを聞いてほっとした。なにしろ奏を生き餌《え》と思っていそうな亀だ。

携帯にメールが入った。見ると、日吉からだった。

『兄貴が今夜、近くの心霊スポット行くって言うんだよ。車出すからおまえも来ない？』

一昨日《おととい》心霊スポットから帰らぬ人となった子供たちの紙芝居を見たばかりだ。とてもそんな気にはなれない。

行かん、と短くメールを返す。

「日吉の奴、心霊スポット行かないかと誘ってきたんです。御劔さん、ああいう紙芝居描くくらいだから見える方ですか」

「残念ながら」

「おれもです」

見えないから怪談でもなんでも楽しめるのだと思っている。

「その上腕二頭筋。カナちゃんはスポーツマンって感じだぁね」

「合気道やってます。じいちゃんが師範の資格持っていたんで」

御劔は微笑ましいというように笑った。

「おじいちゃんが好きなんだな」

「どうだろ。稽古《けいこ》のときは鬼みたいでした。でも、今はばあちゃんが死んで魂抜けたみたいになってます。あれはいかんです」

「歳をとっても泣きたいときはあるんじゃないの」

そんなものだろうか。祖父の強いところしか見たことがなかったので、よくわからなかった。

「カナちゃんは袴《はかま》と道着が似合いそうだ。爽《さわ》やかな汗を流す男子高校生。おじさん、干からびてて暗いからそういうの憧《あこが》れるよ。いつかカナちゃんをモデルに紙芝居作ってみたいな」

「……でもバッドエンドなんですよね」

丁重にお断りした。


夕方あたりから風が強くなってきた。台風の進路がそれて、今夜は強風になるらしい。窓硝子《ガラス》がガタガタ音をたてている。

「奏、これ持っていっておじいちゃんと一緒に食べてくれる？　孫と一緒なら少しは食べるかもしれないから」

母からカレーライス二人前が載ったお盆を渡された。

同じ敷地の母屋に祖父母は暮らしていた。その祖母が亡くなってから祖父は動かなくなった。食事に誘っても来ないし、放っておけばずっと何も食べないような様子だ。一日一回、何かしら運んでいた。

五十年以上も夫婦だったの、もう少し時間が必要なのよ——母も御劔と同じようなことを言っていた。確かにそうかもしれない。

孫であり弟子でもある奏の励ましをもってしても、祖父の元気は戻らなかった。

「じいちゃん、メシ」

母屋に入ると、ソファーに座っていた祖父の前にカレーを置いて、部屋の灯《あかり》をつけた。暗くなっていたのに灯すら点《つ》け忘れていたとしたら、これは重症だ。

「ちゃんと食わないとばあちゃん心配して化けて出るぞ」

「……出てくれればいいんだが」

これは困った。

木崎平治は気骨の塊のような日本男児だ。どうやらその気骨の多くの部分を愛妻が支えていたらしい。禿《は》げ頭も光を失っている。

「最低半分は食ってほしい。でないと、おれが母さんに怒られる」

「うむ……努力する」

祖父は誠実にカレーライスを食べることに取り組んだ。一時間をかけてようやく半分食べることに成功した。

「ばあちゃん、そんなにいい女だった？」

「大地主の娘で、結婚したときはお姫様をもらったと評判だった。私は何も返しておらん」

奏も祖母の実家には一度行ったことがあった。ここよりもっと田舎だが、大きな蔵のある立派な屋敷だった。

「明日《あした》、稽古つけてくれよ」

「そんな気になれん。一人でやれ」

話も弾まない。祖父の背中が小さく丸まっていた。奏はカレーの皿を持って母屋を出る。

母屋の裏に小さな道場があった。祖父と奏だけのものだ。稽古をつけてもらう孫を祖母は嬉《うれ》しそうに見ていた。

四十九日も過ぎ、もうじき初盆だが、立ち直る気配がない。もし幽霊がいるというなら、しっかりしろ、と祖母に叱ってほしいくらいだった。だが、化けて出る祖母は想像できなかった。それほどおっとりとした、優しい人だった。

夜も深くなり、風はさらに強くなってくる。

奏は教科書を閉じた。

（じいちゃんち、古いからな。大丈夫かな）

カーテンを少し開けた。奏の部屋の窓から祖父が住む母屋の窓が見える。十時、祖母が生きていた頃なら灯が消えていた筈《はず》だ。早寝早起きの模範的な夫婦だった。そのリズムも崩れているようだ。

明日、じいちゃんの好きな出雲屋《いずもや》の豆大福でも持っていこう。そんなことを考えていると、携帯にメールがきた。日吉だ。これで今日は四度目だ。おそらく、また心霊スポットへの誘いだろう。

まず二度目はこうだった。

『なあ、幽霊病院行こうぜ。女連れて来いよ』

無理だ、と返した。県内唯一の男子校だ。女などそれこそ幽霊より珍しい。そんなことは同級生の日吉が一番よく知っている筈だ。

三度目のメールでも諦《あきら》めていなかった。

『じゃあおまえだけでもいいって。おまえ強いし。兄貴、頼りにならないからさ。場所は――』

幽霊相手に武道がなんの役にたつのかわからない。これも断った。

兄と二人だけというのが怖くて、少しでも仲間を増やしたいのかもしれない。だったら行くなよ、と言いたかった。

あれから三時間。てっきり諦めたのかと思ったらまだ誘ってくるのかと呆《あき》れた。

台風くるみたいだぞ、おまえもやめとけ、と返そうと決め、四通目のメールを見る。

『うあ△@——助けて&#⋯⋯呪われ』

奏は目を見開いた。

これはなんだろう、悪戯《いたずら》か。日吉ならやりそうだ。だけど、もし⋯⋯もし、本当に廃墟《はいきょ》で何か大変なことが起きていたら——そう思ったらいてもたってもいられなくなった。

電話しようとしたが、電波が届かない。いったい、どこにいるのか。前のメールに何か書いてあった筈だ。

「トンネルの向こうにある潰《つぶ》れた病院⋯⋯⋯？」

奏は階下に降りて、食卓に市内の地図を広げた。場所を確認する。

〈ひがな〉にわりと近い。御劔なら知っているだろうか。悪戯と決めつけ無視するべきか。大事にするのもまずい。友達に相談しようかとも思うが、そこから学校にばれてしまうと日吉は間違いなく呼び出しをくらう。廃墟とはいえ不法侵入だ。そんなことまで考え、あれやこれやと悩むところだった。

（どうする）

自転車で夜一人で行けるところではなさそうだ。

一人で山のトンネルとか、冗談ではなかった。なんだかんだいっても、奏もけっこう怖がりだった。

「やっぱり、御劔さんしかいない……」

こんな時間に知り合ったばかりの人に電話するのは迷惑だろうけれど、御劔の世捨て人ぶりに甘えることにした。

御劔は携帯電話の類《たぐ》いを持っていないという。喫茶店のピンク電話でやりとりすることになる。閉店後の誰もいない店で電話に出てもらった。驚いていたが、御劔は快く話を聞いてくれた。

「そこならスケッチしに行ったことはあるよ。トンネルの向こうには採石場があったと思う。ただ今は使われてないから行き来する車も少ない。病院かどうかは知らないけど、何か大きな空き屋があったかなぁ」

「そこだと思います」

「じゃ、ま、行ってみようか。付き合うよ」

御劔の所まで自転車で行き、そこからスクーターに二人乗りして向かうことになった。納涼祭で紙芝居セットを載せてきたスクーターだろう。こんな夜遅くに高校生のお遊びに巻き込んでしまって申し訳ない。

詮索《せんさく》されては困るので親に見つからないよう、こっそりと家を出た。あとはチェーンが振り切れるくらい自転車をかっ飛ばす。風はますます強くなっているようだった。雨が伴わないだけマシだ。

台風の夜、何をやっているのかと我ながら思う。

到着すると、店の前で御劔がスクーターに腰かけていた。さすがに洋服を着ている。

「すみません、ご迷惑おかけします」

奏は頭を下げた。

「いやいや、カナちゃん、いい子だなって感心してたよ。しかし、風が強くなってきたね」

「電話つながらないんです。メールしても返ってこないし。台風のせいならいいんですが、おれ、なんか心配で」

ならさっそく出発しますか、と御劔はヘルメットとリュックを奏に渡した。

「これ背負《しょ》って」

「何、入ってるんですか」

「懐中電灯やタオルにティッシュなどかな。人は若さの代わりに用心深さを手に入れるものなんだよ」

確かに懐中電灯くらいは必要だ。何も持たず自転車に飛び乗ったことを反省した。しかし、まだ若いだろうのに、言うことが年寄り臭い。

奏が後ろにまたがると、御劔はエンジンをかけた。いよいよ心霊スポットに出発だ。

「ああもうなんで幽霊なんか……。御劔さん、ああいうのいると思いますか」

「どうかな。たぶんいるんだろうねえ、それで食ってるって人もいるくらいだから」

「――え?」

それで食っている人、というのはホラーなどを描いている自分のことを言っているのだろうか。

強風の中、スクーターが進む。風の音がうるさくて、奏は会話を諦めた。後ろから御劔に抱きつく形になっているが、細く締まっているのがわかる。決しておじさんの体ではない。

スクーターは北に進み、町の明かりが遠ざかっていく。山を目指しているのだ。やがてトンネルが見えてきた。おそらくあれが日吉の言ったトンネルだろう。気持ちの問題だと思うが、ぞくりとするものを感じた。

自転車に二人乗りする女の子のようにしっかりと御劔にしがみついた。昆布頭は男にしてはいい香りがした。夏の夜、自称おじさんに後ろからしがみついて、行きたくもない心霊スポットに向かっているのだから、ちょっと虚《むな》しい。

トンネルの中は路面まで古いのか、何度も体が宙に浮く。やっとのことでトンネルを抜けたときにはほっとしたが、そこはまたひどく何もない中途半端な山の中だった。

問題の〈心霊スポット〉はすぐにわかった。それしか建物がないうえに、初心者マークのついた車が一台置かれていた。

「あんまり病院には見えないですね」

「ま、入ってみよっか」

御劔はまったく怖がっている様子がなかった。奏に背負わせたリュックから懐中電灯を二本取り出す。

風の音は町の中とは違って聞こえた。暗闇から吠《ほ》えるようだ。物の怪《け》の伝説はこういう音から生まれるのかもしれない。

「御劔さん、怖くないんですか」

「怖いよ。暗いし、見るからに床が抜けそうな廃屋だし」

御劔の不安は至って現実的だった。

近づくと、窓に板が打ち付けられていた。立ち入り禁止の文字も見える。よくこんなところに入ったものだと、日吉兄弟の無謀さに感心した。

半分開いていた玄関から、恐る恐る入り、奏は懐中電灯で中を照らした。荒れ放題で埃《ほこり》っぽい。破れた天井からコードがぶら下がっている。備品はほとんど残っていないので、なんの為の建物だったかもよくわからなかった。

二階から物音がする。奏は大きな声で呼びかけた。

「日吉、いるのか」

「助けてくれえ」

日吉の叫び声に奏は階段を駆け上がった。

「何やってるんだ、帰るぞ」

応えるように二人分の悲鳴がした。

奏のあとを御劔もついてくる。二階に上がると、いくつか部屋があるが戸は全部開けられていた。

「よお、来てくれたか、我が友よ」

日吉が手前の部屋で手を振っていた。やはり奏を呼び出すために悪ふざけをしていたらしい。

「あれえ、紙芝居屋さんも来たの」

「馬鹿野郎、連れてきてもらったんだよ。まったく、おまえは」

安堵《あんど》したものの、これでは御劔に申し訳ない。

「ははあ、噂の紙芝居屋さんですか。せっかくだから一緒に見て廻《まわ》りませんか。おれたちもさっき来たばかりなんですよ」

悪びれもせず、日吉兄がぬけぬけと言った。

「せっかくもなにも。夜にボロ屋を歩いて何が楽しいのか、僕にはさっぱりわからないんだ」

柔らかい口調だけれど、もしかしたら少し怒っているのかもしれない。そりゃあそうだろうと、奏も思う。

「もう帰るぞ、台風来てるんだよ」

「でも、おれまだ何にも見てないんだよ。兄貴はびんびんに霊気感じるって言うんだけどさ」

「よくあの紙芝居見て、こんなとこ来ようなんて思うな」

「いやだって、フィクションはフィクションだろ」

御劔はうなじに手をあて、天井を仰いだ。

「うーん……リアリティがたりなかったかな」

「あ、スミマセン。いや、あれはほんと怖かった。子供にあんなえげつない紙芝居見せられるのは御劔さんだけっすよ」

日吉の面の皮の厚さに呆《あき》れる。幽霊が出て来ないのもわかる気がした。

「とにかく奥行くよ、奥。絶対、いるから。智人、カメラ用意しておけ」

日吉兄が部屋を出て奥に向かった。楽しそうに弟がついていく。仕方なく奏と御劔もあとに続いた。

「だいたいこんな山ん中に病院があったとは思えない」

「まーね。おれもそう思うけどさ」

高校生の会話に日吉兄が異論を挟む。

「いーや。昔は精神病院なんかは町から離れたところにあったって言いますよね、紙芝居屋さん」

「さあ？　そこまで昔の人でもないんで」

御劔は笑顔で返す。顔に出さないところが、ちょっと怖い。

奥の部屋に入ると、壁一面に赤く「呪」の文字が書かれていた。さすがにぎょっとしたが、おそらく肝試しにきた連中の仕業だろう。赤のスプレー缶が落ちていた。

「ここはいるよ。ひしひし感じる。智人、写真。何か写るかもしれない」

「ハイハイ」

日吉弟がデジカメのシャッターを切る。

奏は日吉兄の霊感を信じていないが、ここは今までより少し寒い気がした。ガタン、と音がして振り返る。立て掛けてあったベニヤ板が倒れたのだ。

「ほら、来てる」

日吉兄が緊張して宣言した。

来ているのか――奏も息を呑《の》んだ。ノリが軽かった日吉もさすがに押し黙る。

「すきま風だと思うよ」

御劔はどこまでも冷静だった。確かに破れた硝子《ガラス》と板の隙間から、音をたてて風が入り込んでいる。

自分の霊感を否定されたと思ったか、日吉兄もカチンと来たようだ。

「不感症の人はこれだから。ほら、紙芝居屋さんの前に女がしゃがんでますよ。じっとあなたを見てます」

思わず奏と日吉が飛び退いた。

「女の人？」

「目が合ってますよ。頭陥没して目玉ないですけど。気に入られたんじゃないですか」

御劔の前の床はちょうど黒く汚れていた。何の染みだろうか。血の痕《あと》にも見えてくるから怖い。奏にも何かいるように思えてくる。

「カナちゃん、ちょっと」

御劔は奏に背負わせたリュックを開け、紙ナプキンにくるんでいた花を二輪取り出した。

「花？」

「店の花瓶から失敬してきた。墓参りみたいなものだと思って――どうぞ、お嬢さん」

座って前に花二輪を置く。

「喜んでくれている？」

確認するように日吉兄を見上げた。懐中電灯の明かりだけでも日吉兄の表情が変わったのがわかった。動じない御劔に強い不快感を見せる。どうやら御劔を怖がらせるための脅しだったようだ。

「帰るぞ。何も見えない奴らばかりで興ざめだ。だいたい、男四人ってなんだよ、どうせなら女呼べよ」

弟に八つ当たりを始めた。怒りながら先頭になって部屋を出る。

「兄貴だって女子呼べなかったんだろ」

「うるさい」

ああ、もう。えらいことに御劔を付き合わせてしまった。奏は情けなくなってきた。嘘メールに騙《だま》されて、無関係の大人まで巻き込んでしまったことを、心から後悔した。とにかく、こんな気持ちの悪いところからは一刻も早く立ち去りたかった。

真っ先に階段を降りていく日吉兄が突然前のめりになって階段から転げ落ちた。慌てて駆けつける。

「兄貴っ」

納涼祭の紙芝居の一場面が奏の頭の中でフラッシュバックしたが、幸い首があちらを向いているなどということはない。倒れた日吉兄は鼻血を垂らしながら、左腕を押さえていた。

「痛い、痛えよお」

御劔が左腕に光を当てる。

「骨折してるかもしれないね。病院に行かないと」

「痛え……足を、つかまれたんだ！」

日吉兄が叫んだ。

奏たちが絶句していると、二階で物が倒れる音がした。

「こんなとこ、いやだっ」

日吉が悲鳴を上げ、一目散に外に出た。

「日吉っ、待て」

奏もすぐに逃げ出したかったが、倒れたままの日吉兄を置いていくわけにはいかない。日吉兄は自力で立ち上がることができなかった。

「足首もひねったかな。カナちゃん、彼を背負ってくれるかい」

「はいっ」

御劔に手伝ってもらい、怪我人を背負う。外に出ると、ひどい風だった。車の横で日吉がドアをガチャガチャやっていた。鍵《かぎ》がかかっているので開かないのだろう。

「失礼」

御劔は日吉兄のジーンズのポケットに手を突っ込み、車の鍵を取り出した。ドアを開け、助手席に怪我人を乗せる。

「んじゃ代わりに運転しますか……自信ないけど」

スクーターは置いていき、あとで取りに来るしかない。高校生二人は後ろに乗り込んだ。

「大丈夫ですか」

腕を押さえ、苦悶《くもん》に顔を歪《ゆが》める日吉兄を気遣う。鼻血にはティッシュ。怪我した腕をタオルで吊《つ》る。御劔のリュックは大活躍だった。日吉の方は泣きそうになっていて、兄の怪我どころではない。

「早く出して。逃げっ、逃げないと」

案外軽薄な態度は怖さの裏返しだったのかもしれない。すでに平静を装う余裕はなかった。

「五年ぶりの運転か。えっと、ライトはどこかな、これがブレーキ？」

恐ろしさが増すようなことを言った御劔だが、なんとか車は走り出す。不安だが、日吉兄が怪我をした以上、御劔に頼るしかなかった。日吉が携帯を取り出し、家に電話をしようとしたが、つながらない。

「電波もつながらないとか、やっぱり心霊現象なんだよ」

「台風だからだろ。家からおまえに電話してもつながらなかったからな」

「あれはわざと出なかったんだ、おまえをびびらせようと思って」

そんなことだろうと思っていたが、改めて頭に血が上る。

「なんでそんなことするんだ、人を巻き込むな」

「だって、兄貴がさ」

男子高校生の会話に、日吉兄が急に痛がる。鼻の穴にティッシュを突っ込んだまま、腕を押さえ、痛い痛いと繰り返す。

車はトンネルに入った。真っ暗で前方はわずかしか見えない。ごうごうと、風が通り抜ける音が凄《すさ》まじく響く。

近眼の御劔は前につんのめるような姿勢で運転していた。

「御劔さん、ライトを上向きにした方が」

奏は、必死に理性を保とうと努力していた。そうだね、と御劔がライトを上向きにする。

視界が開けたと思ったら、いきなり目の前を白い物が横切っていった。日吉兄弟が絶叫する。

「奴らが追いかけてきたんだ」

「新聞紙だよ」

もう新聞紙でも幽霊でもどうでもいい。奏の頭の中には、帰りたい以外の感情はなかった。

やっとトンネルを出て、一同安堵《あんど》する。ここからは車なら十分もあれば住宅地に出る筈《はず》だ。

が、いくら走っても町の明かりは出て来ない。それどころか、再びトンネルの中に入ったような気がする。

「……同じとこ走ってませんか」

「あれ、間違えたかな」

再び目の前に白い布のようなものが現れ、フロントガラスにぶつかって消えた。日吉兄弟は頭を抱えて見ていない振りで乗り切る。

しかし、今度こそトンネルを抜けたと思ったら、三度トンネルに戻っていた。御劔以外は理性の限界を迎えている。

「今、逃げられると思ったのかい、って誰かがおれの耳元で……」

「日吉落ち着け、それはこの間の紙芝居のタイトルだ」

「この紙芝居屋は予言者だったのか」

兄弟そろって正気じゃない。

間違えるほどの道でもないのに、もしかしたら御劔はわざと迷っているのではないか、と奏は疑いはじめていた。

助手席の窓に何かべったり張り付いて消えた。

「人の手だ、女の掌《てのひら》だった。花なんか置いてきたからあんたを追いかけてきたんだ。車にしがみつこうとした」

日吉兄はわめきだした。もう怪我の痛みどころではなくなっている。確かに一瞬だが、奏にも広げた手のように見えた。

「ご冗談を。この歳でも、そんなにモテた覚えはないって」

続いてフロントガラスに小さな粒のようなものがポタポタと落ちてきて、視界が悪くなる。

「血が落ちてきた?」

奏までおかしなことを言い出した。その言葉にさらに車内が騒ぎになる。

「ここにはコウモリがいるから。たぶん、糞《ふん》だよ。でもいいねえ、みんなのこの怯《おび》え方。理性も羞恥心《しゅうちしん》もかなぐり捨てた感じ。これがリアリティってやつだね。紙芝居に取り入れないと」

心なし、御劔は上機嫌に見えた。気のせいでなければ、声が弾んでいる。

「あんたの方がおかしい、このっ、この――」

一瞬プライドを取り戻したか、日吉兄が吠《ほ》えた。

運転手にこれ以上噛《か》みつかれては困ると、くってかかりそうな日吉兄を奏は辛うじて止めた。

「興奮したら傷に障ります。そんなことより御劔さん、なんで同じトンネルに戻ってくるんですか」

「暗くて道がよくわからないんだよ、悪いねぇ。それとも迷い込んだら二度と抜けられない霊界なのかな」

もしかしたら本当に故意なのではないだろうか、そんな気がしてならなかった。この軽薄無礼な日吉兄弟に、少しばかりお灸《きゅう》を据えてやりたい気持ちを御劔がもったとしても、責められない。

だが日吉兄弟のみならず、奏もとっくにグロッキーだ。

御劔は汚れを取るためにウインドウオッシャー液を使い、ワイパーを動かした。汚れが広がり、それがまた気持ちが悪い。

(幽霊の正体みたり枯れ尾花)

奏はこの言葉を呪文《じゅもん》のように頭の中で何度も唱えた。本音はもう恐ろしいなんてものじゃなかった。御劔に運転させておいて、日吉たちと一緒に血迷っている場合ではないという気持ちだけでなんとか持ちこたえている。

が、フロントガラスに音をたててぶつかってきたものがあった。それが何か確認するより早く、動いていたワイパーが容赦なく潰《つぶ》す。べちゃっとしたものが広がり前方を塞《ふさ》いだ。目の前でガラス越しに見てしまったものだから、車の中は阿鼻叫喚《あびきょうかん》さながらだった。

「あれ、なんですか」

奏だって見たものを否定したかった。だが、プチンと弾《はじ》けたゲル状の体液か何かに見えたのだ。嘘でもいいから一人だけ冷静な運転手に、気のせいだよ、と言ってほしかった。

「んー、なんだろ、気持ち悪いな。車汚れたね」

御劔にも見えたらしい。踏ん張ってきたが、奏も恐怖の限界を超えてしまった。日吉兄など泡を吹きそうになっている。

「死霊を……ワイパーで潰して伸ばした」

「御劔さん、頼むからもう……おれ、無理」

日吉兄弟は白目を剝《む》いていた。

「ずいぶんぐったりしてるねぇ。幽霊見たくてこんなところに来たんでしょ。もしせっかく霊が出てきてくれたんなら、お礼の一つも言っておけばいい。出ても出なくても文句言うのは、死んだ人に失礼な話じゃないかなあ」

「ごめんなさい、お怒りはごもっともです、毒づきたい気持ちはよくわかります。でも今は――トンネル抜けてくれえ！」
奏が叫んでいた。

3

ひどい夜だった。

やっとのことで町に戻り、救急病院にたどり着き、日吉彰一《しょういち》を診察してもらった。結果は軽い骨折。入院するほどのものではなかった。

日吉が親に電話したので、もうじき迎えにくるらしい。これにて、奏と御劔はお役御免になった。

「おれたち帰るから。じゃあな」

「ああ……なんか悪かった」

病院の長椅子に横になったまま、日吉は力なく手を振った。点滴でも打ってもらった方がいいのではないかというくらいぐったりしていた。

病院を出ると、空の明るさに目がくらんだ。

夜が明けたのだ。台風一過で晴れ渡っていた。壮絶な悪夢の果てに見る朝日の美しいこと。奏は拝みたくなった。

それより礼を言わなければならない人がいる。

「いろいろすみませんでした。ありがとうございました」

両手を伸ばし脇に添え、深々と御劔に頭を下げた。

「いいよ、なんだかんだいって面白かったからね」

御劔は欠伸《あくび》をしていた。

「あれって心霊現象だったんでしょうか」

「君ははっきり見たのかい？」

「さあ……日吉たちの騒ぎにつられて、もう何がなんだかわからなくなったってとこです」

おいで、と言って御劔が日吉の車の方へ向かった。

おそらく親の車であろうが、かなり汚れていた。

「ご覧」

「うわ、これはでかい蛾かな」

「そういうこと。ワイパー動かしてたから可哀想なことになっちゃったね」

残っていた翅《はね》の一部で蛾であることがわかった。台風のさなかフロントガラスにぶつかり、そのままワイパーに潰されてしまったのだろう。あの状態でそんなものを見たら、そりゃあもう腐れ死人の哀れな末路にしか思えない。

「後ろのガラスもボンネットもコウモリの糞《ふん》がいっぱい。タイヤが泥だらけなのは山の中を迷ったせいかな。洗車が大変だ」

さんざん迷ったのはあくまで運転経験の不足のせいであって、そこにささやかな悪意などなかったと思うことにする。

「本当にその手のものは見えないし、これっぽっちも感じない。だから僕に見えたとしたらそれはもう幽霊でもなんでもないってこと。日吉君のお兄ちゃんが言ったように、不感症なんだよ」

「あれは言葉の使い方間違ってると思うんだけど」

そんなことを話していたら、やっと少し笑えた。

夏の早朝散歩は気持ちが良かった。日の光を浴びて、まとわりついた悪いものが消毒されていくような気がする。日吉兄は暗くて古い廃屋で躓《つまず》いただけだ。すべて錯覚だったに違いない。雰囲気に呑《の》まれてしまった。

「自分があんなに怖がりだったとは知らなかったなあ。ちょっとがっかりです」

「いいじゃないの、肝試しは怖がったもんの勝ちだよ」

四十分ほど歩いて、御劔の住まいに戻ってきた。

倒れていた自転車を起こす。またこれに乗ってえっちらおっちら帰らなければならない。帰ったら親に夜遊びしたのかと怒られそうだ。

「店に寄っていくといい。コーヒーくらいならおごるよ」

「ありがたく」

話をしながら御劔が店の鍵《かぎ》を扉の鍵穴に差し入れた。

「あれ、いる？」

鍵は開いていたらしい。扉を開けると、カウンターの中に沙弥子がいた。朝っぱらから御劔と奏が揃って現れたことに驚く。

「何、あなたたち。どこから来たの」

「おはよう。こんなに早くから開店の準備かい」

「糠《ぬか》漬《づ》けをかき回しにきただけよ。もしかして高校生連れ回して朝帰り？」

沙弥子に追及され、御劔はそういうことになるのかなと首を傾げた。

「あ、そうじゃなくて、おれの方の都合です」

「ふうん。夜を共にするほど仲良くなったとは知らなかったわ。いつの間にって思うわよ」

妙な言われように、奏は思いきり頭《かぶり》を振った。間違ってはいないが、なんだかいやだ。

「穴蔵で亀と語り合っているよりかはずっといいわ。ガラクタ、亀、少年――すごいじゃない、友達レベル上がってるわよ」

「いや別に地下の荷物は友達じゃ……」

亀に関しては否定しないようだ。

「でもカナちゃん面白いんだ。世の中捨てたものじゃないねえ」

「それは良かったわ。その調子で隠居老人から現役の男に戻ってちょうだい」

沙弥子は挑発するように御劔の顎《あご》を指で軽く持ち上げた。

「いや、枯れ男でいいんで。あ、沙弥子さん。申し訳ないんだけど、トンネルの向こうまで車で送ってくれないかな。スクーター置いてきちゃったんで」

頼みます、と御劔は手を合わせる。

きょとんとする沙弥子に、奏がゆうべ起こったことをすべて説明した。あまり話したいことではないが、仕方がない。スクーターを置いてくるはめになったのは、こちらのせいだ。

若者と御劔の肝試しの顚末《てんまつ》はよほど可笑《おか》しかったらしく、沙弥子は声を上げて笑った。

「やだ、最高。若い男の子たちが車の中で怖がって泣き叫んでいるの、想像すると楽しいわねえ」

「うん。楽しかったよ。若い子ってなんでもキャアキャアと可愛いんだ。なんだか気持ち華やぐっていうか」

男の悲鳴の何が楽しかったのだろう。ともあれ、これであまり申し訳ない、と思わずに済みそうだ。

「怪我人も出たし、笑い事じゃないです」

端《はた》から見れば滑稽《こっけい》だろうが、あれは洒落《しゃれ》にならない。

「でもまあ、生きて帰って来られてよかったじゃない。あたしは耕助の運転する車に乗る方が幽霊よりよっぽど怖いわ」

ゆうべもし事故にでもあっていたら、祟《たた》りということになっていたのではないだろうか。恐怖で理性が吹き飛んでいたとか、ペーパードライバーが運転したとか、そんなことはおかまいなしに。話としてはその方が面白いから。怪談の正体なんてこんなものかもしれない。

沙弥子の車で再びゆうべの心霊スポットへ向かう。

奏までついていく必要はなかったのだが、御劔のスクーターの無事も確認しておきたかった。

「ね、昨日の風でうちの勝手口開け閉めしにくくなったのよ。あとで直してくれる、大家さん」

「了解」

「そんなこともするんですか」

「家賃しっかりもらっているからねえ。大工を頼むとお金かかるから、できることはやるよ」

ただの大家と店子《たなこ》の関係には思えなかったが、そこは割り切っているらしい。

夏の陽が降り注ぐ緑の山は命に輝き、山道にもトンネルにも不気味な影は少しも感じなかった。

(同じ場所とは思えない)

奏がそう思ったくらいのわずかな時間でトンネルは抜けられた。ほんの数百メートルのトンネルだった。トンネルの更に向こうに採石場跡が残っているのがわかる。廃屋はその手前にあった。

「……ほんとにボロボロだ」

よくこんなところに入っていったな、と奏は改めて恐ろしくなった。二階の床が抜けなかったのは運が良かったのだ。廃墟《はいきょ》になってから三十年以上は経っていると思われた。昨夜の台風のせいか一部屋根が飛んでいた。あたりには古新聞や折れた枝が散乱している。

「ここの採石場の事務所兼宿舎ってとこじゃないの。昔から住んでいる人なら知ってそうね。今度山田さんにでも訊《き》いてみるわ」

「沙弥子さんはここの出身じゃないんですか」

「住み着いてから、十年ちょっとくらいよ。まさかここに根を張るとは思わなかったわね」

沙弥子は笑ってみせた。子供はいるというが夫はいないらしいので、離婚したか死別したのだろう。

廃屋の前で車が停まる。

車から降りた御劔と奏がスクーターのところに駆け寄った。

「良かった、無事だ」

「……この花」

奏は息を呑んだ。スクーターのハンドルのところに花が一輪はさまっていた。それはゆうべ御劔が廃屋に置いてきた二輪の花と同じものに見えた。

御劔の目の前に女がいると日吉兄が言っていたが、奏は単なる嫌がらせだと思っていた。御劔がその女にあげた二輪のうちの一輪が「半分こ」とでも言うようにスクーターでそよそよと風に揺れている。

まいったな、と御劔はうなじに手をあてていた。奏の方はそれどころではない。ゆうべのことはすべて気のせいだった筈《はず》なのだ。今更そんな根底から覆すようなオチはいらない。

沙弥子が運転席に乗ったまま呼びかけた。

「耕助、バイク動くんでしょ。わたし、奏君乗せて帰るわよ。にしても、あなたが高校生と一緒に肝試しとはね。美人の幽霊でもいた？」

御劔は花を抜き、掌《てのひら》に載せて風に攫《さら》わせた。眼鏡の下の目は緩くへの字を描いている。口元を緩ませ、花の行方を見送った。

「いたみたいだねえ」

第2話 沼神

1

そこに相手がいるとみなして手刀を繰り出す。この際、形《かた》に注意する。膝《ひざ》を落とし、回転。送り足継ぎ足。

体さばきの稽古《けいこ》だけは毎日欠かさない。祖父が作った小さな道場は奏がやめてしまえば物置になってしまう。稽古の際には白い胴着と黒い袴《はかま》は必ず着る。

その名の通り気を合わせる武術だ、そこに人が居るとみなして気を集中させる。

夏の朝、暑くなる前に奏は一汗かく。祖母が生きていた頃は、祖父が稽古をつけてくれていたのだ。師と弟子の大切な時間だった。

(じいちゃんは必ず戻ってくる)

そのとき怠けていたなどと言われたくない。

「あんたはそれやってるときはカッコイイのよねえ」

感心するような女の声がした。

「姉さん、邪魔だよ」

姉の真希《まき》だった。お盆が近づき、赤ん坊と一緒に昨日帰省してきていた。亭主は明日《あした》来るらしい。

「練習相手になってくれるならいいけどさ」

姉も子供の頃は祖父に習っていた。中学に入るや武術少女はビジュアル系バンドの熱烈ファンへと変わり果て、さらに高校では声優オタクとなりコスプレも腐女子《ふじょし》も極め……。奏からすれば普通に結婚して母親になったことが奇跡のようだ。義兄は神に違いないと思っている。

「お生憎《あいにく》、育児だけでヘトヘトよ。今朝方も夜泣きされたし、どんなスポーツよりきついわ」

初めての子供に悪戦苦闘している。大輔《だいすけ》は奏にとっても可愛い甥《おい》っ子だが、これがなかなか手強《てごわ》い。あやしてもだっこしてても、虐待でも受けてますと言わんばかりに泣き叫ぶのだから、確かにこれに勝てる強者《つわもの》はいないだろう。

「そうそう。話があったのよ。誰にも聞かれたくないの」

腕組みをして奏に近寄る。振り返って戸口に誰もいないことを確かめた。

「おじいちゃん、おかしいわ」

それか。母にも御剱にも、おじいちゃんには時間が必要、と言われているので考えないようにしていたのだが、祖父に会うのが葬式以来の真希には特に変化が目に付くのかもしれない。

「まだ立ち直ってないだけだろ」

そんな問題じゃないのよ、と真希は頭《かぶり》を振った。

「今朝、この子が夜泣きしたでしょう。夜が明け始めたときよ。おじいちゃんの家の居間に電気がついていたから、ほんとに早起きだなあと思って、ちょっと外出て覗《のぞ》いたの。そしたらさ」

真希はここでさらに声を潜めた。

「正座してテレビ見てるのよ、じいっと」

「それはいいだろ」

「……砂嵐よ」

奏は絶句した。日も昇りきらないうちからテレビの前で正座し、スノーノイズいわゆる砂嵐を見つめる老人。確かにかなり怖い。

「まさかアルツハイマーとか」

「じいちゃんに限ってそれはない。……と思うけど」

しかし、誰だってなりたくて病気になるわけではない、と思い直す。

「じゃあ何よ。砂嵐の中におばあちゃんでも見えたの。それはそれで怖いわよ」

「ばあちゃんが化けて出てくるわけないだろ」

「砂嵐はやばいでしょ。貞子《さだこ》だって出てきたじゃない」

「一緒にすんな」

睨《にら》み合ってから、互いに一呼吸おく。

「まっ、それはさておき。認知症でも鬱《うつ》でも、診察受けるなら早い方がいいと思うのよ」

「病院に行けと言って素直に行くくらいなら苦労しないぞ。……父さんに言った方がいいのかな」

姉の言うことを疑うわけではないが、奏としてはこの目で確かめないことには大事にしたくない。認知症だと思われたなどと知れば祖父の誇りを傷つけてしまうかもしれない。

「ほら、今日、父さんいるから。奏、相談してよ。跡取り息子でしょ」

幼い頃からペットか下僕のように弟を扱っておいて、こんなときだけ跡取り息子はないだろう、と思うのだが、口で勝てる相手ではない。

『あんた、誰にウンチのオムツを替えてもらったと思っているの？』

うっかり争えば、そんな呪いの言葉が出てくる。八つも上の姉など、妖怪《ようかい》と同じだ。

とりあえず、じいちゃんの健康が心配だから病院に、とでも言ってみようか。そう思い、道場を出た。

居間は少し慌ただしかった。母親は呆《あき》れ、父親が大急ぎでネクタイをしている。

「なによ、もう。お盆休みじゃなかったの」

「仕方がない。システムがトラブった。今日は戻って来られないから初盆のことは任せた」

どうやらお盆休み返上らしい。祖父の話をできる余裕はなさそうだった。

「お、奏。おまえに頼みがある」

猛烈企業戦士にがっしり腕を摑《つか》まれた。

「明日、おれの代わりにばあちゃんの実家に行ってくれ。頼んだぞ」

なんだよ、それ。奏が問い返すより速く、父は家を飛び出していた。車が出て行く音がする。

「どういうこと？」

母親を振り返った。

「おばあちゃんの実家には行ったことあるわよね。蔵を取り壊すことになったんだって。それで形見分けしたいから一度来てくれって言うのよ。いいって言ったんだけど、嘉吉叔父《かきちおじ》さん律儀だから」

立派な蔵があったのは覚えている。取り壊すのは惜しい気がした。

「でも、高校生が行くのはどうなんだよ。母さん行けば？」

「母さんは嫁で、基本他人だもの。血を分けた子や孫が行くのが当然よ。それに奏が代わりにお盆の準備してくれるの？」

シビアなことを言われ、不承不承納得する。

それほど交流があるわけでもない親戚《しんせき》の家に一人で行けと言われて、気が重くないわけがなかった。

赤ん坊を抱えた姉に期待ができるわけもなく、稽古の続きをやる気もなくし、部屋に戻った。

体を動かす気になれないときは仕方ないから勉強する。奏の高校は男子校で潤いもなく、代わりに宿題だけはたっぷりあった。そろそろ進路のことも真面目に考えなければならない。

昼食の時、母親が言った。

「腐らないでよ。江戸時代からの物もあるらしいわよ。古いものがいっぱいなんだって。面白そうじゃない」

「古い物か……昭和の物もある？」

「それが一番多いんじゃないの」

おおっ！　御劔を誘おうとひらめいた。あの昭和オタクならきっと興味を持つだろう、喜んでくれるに違いない。

そうと決まれば行動は早い。奏は自転車に飛び乗って、〈ひがな〉を目指した。すでに焼けるほど暑かった。

奏が〈ひがな〉の前に到着したとき、年配の男性客が数人店から出てきた。

「ありがとうございました」

「おう。沙弥ちゃん、明日もまた来るよ」

たぶん、語尾にハートがついている。沙弥子は包容力のありそうな美人だから常連客が多いのだろう、と奏も思った。

入れ違いに店に入る。涼しさに生き返った。店に客はいなかった。

「あら、奏君。いらっしゃい」

「どうもです。御劔さん、いますか」

「地下室よ。もしかしたら、暑さも忘れてまたぐったりしてるのかも。見てきてくれる？」

「勝手に入って……？」

「いいのよ。あいつ、カナちゃんのこと孫みたいで可愛いって言ってたもの」

姉に、あんたは年寄りに可愛がられる子だから、と言われたことがあるが、自称年寄りにまでその魅力が及ぶとは思わなかった。奏は苦笑して衝立《ついたて》の陰にあるドアを開けた。

トイレと台所は喫茶店のものを使っているらしい。裏にシャワールームをあとから増設したと聞いている。不思議な生活だ。店から十メートルほど離れたところに沙弥子の家がある。そこも貸しているというのだから、意外と地主だ。それでいて自分は窓もない地下室で暮らしている。

地方の小さな市にも、こんな変な人がいる。そんなことを思いながらドアをノックした。

「御劔さん、おれです」

返事がない。ドアを開けると、ちゃぶ台の向こう側で着流しの御劔が横になっていた。倒れているのか、寝ているのか、一目では判断できない。

はだけた胸にテラテラと汗が光り、顔が赤い。この蒸し暑さでは無理もなかった。

紙芝居のときはかなり格好良かったのに、これほど落差がある人も珍しい。

「大丈夫ですか、生きてる？」

「あ……カナちゃん。悪い、寝てた」

うつろな目が半開きになった。

「太宰治《だざいおさむ》と中原中也《ちゅうや》と海藻を足して三で割って、屍《しかばね》みたいになってますよ」

御劔を見てると、やっぱり薄幸の昭和文化人や揺れる海産物に譬《たと》えたくなる。

「その二人は仲が悪かったんだ、合体させない方がいい……」

「そんな蘊蓄《うんちく》どうでもいいから、水飲んでください」

背中を支え、御劔の体を起こした。

「扇風機止まってる。夢中で描いていたのに、いつ寝たんだろ」

「レトロ感は素晴らしいけど、命預けるには頼りないですよ、この扇風機」

動いていたことの方が驚きなくらいだった。

「ここ、夏はしんどくないですか」

暑さと古い物の匂いでむっとしていた。換気扇は一応あるようだが、どこまで役にたっているのか怪しい。剝《は》げかけた壁から何かの金属が覗《のぞ》いている。およそ、人が暮らすために作った地下室とは思えなかった。

「ここでいいんだ……」

呟《つぶや》いてから、生気のない顔を上げた。

「新作描いていたよ。よく描けているだろ、やっぱり体験は大事だねえ」

御劔は机の上の絵を見せた。

目ん玉をひんむいて恐怖にあえいでいる少年が二人。明らかにモデルは日吉兄弟と思われた。

「……御劔さん」

「すまない、つい似てしまうんだ」

とりあえず奏らしき人物は出ていないようなので良しとする。

「あ、こっちは――」

思わず手で口を押さえた。フロントガラスでワイパーに潰《つぶ》される半液体状の腐乱死人の図。とんでもなく気持ちが悪い。

「日吉君たちにはこんな感じで見えていたんだよね」

「……思い出させないでください」

兄貴の方はどうか知らないが、日吉は充分反省していたようだった。一生遊園地のお化け屋敷にも行かないと心に決めたという。それも何か違う気がするが。

「で、この話、やっぱり逃げ出すことができず、ゾンビとなり、互いに貪《むさぼ》り合って終わるんですか」

申し訳なさそうに、御劔が肯《うなず》いた。

「せめて名前だけは変えてやってください」

どのみち、その新作紙芝居を発表する機会はないかもしれないが、頼みますと念を押しておく。

「とにかく上行こ。話したいことがあります」

御劔を蒸し風呂《ぶろ》から連れ出す。店内でアイスコーヒーを飲みながら、祖母の蔵の話をした。

「ああ、いいよ」

御劔は明日《あした》同行してくれることを約束したが、奏が思っていたのと少し反応が違っていた。関心は示しても、喜ぶというほどではなかった。御劔は昭和オタクというより、あの地下室とそこにある物をこよなく愛しているだけなのかもしれなかった。

そんな奏の印象を裏付けるように、沙弥子がこう言った。

「あの薄暗い穴ぼこから耕助を連れ出してくれるだけで、奏君には感謝してるわ」

御劔は笑っただけだった。反論もしない。

「あんなとこじゃ女連れ込むこともできないわよ」

「沙弥子さんは時々来てる」

「行きたくないわよ、あんな暗いとこ。でも、耕助が死にそうになってると、不思議と悪い予感がするのよ。言っておくけど、第六感なんて全然ないからね」

互いに恋愛感情があるようでもなく、不思議な関係だった。

「むかつくこともあったけど、耕助には恩があるもの。しっかりさせなきゃって使命感だけはあるのよね」

「そんな使命、捨てていいんだけどね」

御劔は困ったように笑っていた。

明日の朝、駅で待ち合わせることにして、奏は店を出た。

「カナちゃん、途中まで一緒に行こう」

御劔がスケッチブックを持って出てきた。

「沙弥子さんが説教モードに入りそうだったから。実は逃げてきた」

御劔は毎日スケッチの為に出歩いているようだし、店を手伝い、古い賃貸物件の修理もしている。紙芝居を見てもらいたいと思い、人と話すことを苦にしてる様子もない。いわゆる引きこもりというわけでもないのだから、沙弥子が気にしているのは、あの地下にいるという一点なのかもしれない。

「ほんとに身内じゃないいんですか」

「身内はいないよ。あくまで大家と店子《たなこ》。ただし、うちの場合店子の方が親に近いみたいだ」

何気なく言ったが、御劔には家族がいないのだろうか。そこまで訊《き》くのは気が引ける。

「留美《るみ》、おかえり」

道の向こうから小学校高学年くらいの女の子がやってきた。御劔が嬉《うれ》しそうに手を振る。

「ただいま。また、お絵描き？」

御劔と対照的に留美と呼ばれた女の子は無愛想だった。可愛いが、かなり生意気そうな子だ。髪が濡《ぬ》れていてプールバッグを持っていた。夏休みに学校のプールに行ってきたらしい。

「うーん、一応写生とか言ってくれた方が」

「お絵描きお絵描きお絵描き」

留美は畳みかけた。断じて写生などと言ってやる気はないらしい。

「耕助の紙芝居は全然お金になってないじゃん。お絵描きでたくさんよ」

どこの誰かは知らないが、黙ってはいられない。これには奏が言い返す。

「いや、御劔さんは町内会の納涼祭で収入を得た。お絵描きではない」

「誰、あんた」

大きな目で奏を睨《にら》み付けてきた。

「おれは木崎奏といって、御劔さんとは――」

「なんでもいいけどね、こんな大人と付き合っちゃダメよ。耕助はまともに働かない駄目大人なんだから!」

おいおい、いくら子供でも口にしてはいけないことがあるだろ。奏は慌てた。

「留美、おれのことは耕助じゃなくて御劔さんと呼ん――」

「耕助耕助耕助耕助」

またしてもすぐさま畳みかけてくる。

「お母さんだってそう呼んでるでしょ」

この子は沙弥子の娘らしい。

「沙弥子さんは大人だけど、留美は――」

「じゃあ、お父さん」

御劔は絶句した。留美は答えに窮した御劔を挑むように見上げる。

「それは嫌なんでしょ。うちの台所の蛇口水がポタポタ落ちるの。直しといてよ、大家の耕助」

ふん、と思い切り鼻を鳴らし、留美は店の裏手にある平屋の家に向かった。そこが御劔から借りている住まいなのだろう。

「……突風みたいな子ですね」

奏は勢いに圧倒された。

「沙弥子さんの一人娘だよ。赤ん坊のときから知っていて、世話もしてきたから、ずっとお父さんって呼ばれてた。そう呼ばれるのが嬉しかったな。でも、このままじゃ良くない、世間の誤解を招く、と一念発起して、留美が一年生になったとき〈お父さん〉を禁止したんだ。で、それ以来……」

そういうことか、と納得した。

「あの子はお父さんって呼びたいんですか。そう思うと可哀想だな……」

強烈な跳ねっ返りぶりもいじらしく思えてくる。

「いつか沙弥子さんが再婚ってことになったとき、娘が別の男をお父さんって呼んでたらまずいかなと思ってね。それでなくても世間からヒモくさいと思われているのに」

気楽な隠居にも悩みはあるらしい。

「でも……駄目大人はきつい」

地味に堪《こら》えているようだ。

「駄目大人じゃないですよ。御劔さんだって一応賃貸経営してるじゃないですか、世間的には辛うじて建前があります」

「うん一応ね、建前ね……うん」

御劔は立ち止まりすっかり黄昏《たそが》れてしまっていた。奏はとどめを刺してしまったらしい。

「あ、気は強いけど留美は優しいんだよ。亀をくれたのも留美なんだ。お祭りか何かで買ってきてくれて」

御劔は自分を励ますように言った。

それは買ったはいいが、持て余して体《てい》良く厄介払いしたというやつではないだろうか。金魚にミドリガメ。子供が祭りでよくやる過ちだ。思ってももちろん口にしない奏だった。

2

翌日、奏と御劔は電車に揺られていた。

祖母の実家、坂城《さかしろ》家は更に田舎にある。

今ではすっかり限界集落と呼ばれるに相応《ふさわ》しいほど寂しくなっているようだ。電車で六つ目にある無人駅から車で二十分。母からタクシー代は貰《もら》ってきていた。

車窓には田圃《たんぼ》と畑と山しかない。一時間に一本の電車にも数えるほどしか乗客はいなかった。

「電車はいいな」

「田舎の風景は退屈じゃないですか。おれだって飽きてきてる」

山、山、田圃……。それとも都会に行けば、今度はビルばかりで飽きるのだろうか。

「カナちゃんは東京の大学とか行きたいの？」

「まだ決められないっていうか。防衛大学受けようかなとも思ってるんです。じいちゃん、自衛官だったたから喜んでくれるかな、と思って。厳しいところみたいだけど」

何気なくそんなことを話したら、向かいの席で御劔が泣いていた。

「……なんで泣くんですか」

「カナちゃんのおじいちゃん想いは国宝級だと思うよ。おじさん、心が洗われる」

「そんな感性があるなら、ほのぼのとした紙芝居作ればいいんー―」

「無理」

いつもはのんびりと話すのだが、この否定だけは早かった。

「バッドエンドしか描かないのは何か理由があるんですか」

「物語が終わった、そのあとのことを心配しなくて済むからかな。それ以上悪くなりようがない。ハッピーエンドのあとも人生は続くよ?」

窓枠に肘《ひじ》を置き、御劔は頰杖《ほおづえ》をついて流れる風景を眺めていた。昨日は死体みたいだったが、今日は髭《ひげ》もあたり髪も撫《な》でつけ、綺麗《きれい》にしてくれている。これなら大叔父《おおおじ》夫婦にも、そう得体が知れないとは思われないだろう。

「そういう考え方もあるんだ」

「名前聞くと強そうなのにってよく言われるよ」

御劔耕助。確かに先祖代々伝説の秘剣でも受け継いでいそうだ。

「名前は本人に責任ないっすよ。おれなんて、母親がピアニストになってほしいとか思ったみたいです」

「うちも母親が横溝《よこみぞ》ファンだったんだ。着物をよく着るのはもしかしたら、せめてそこだけでも期待に添っておこう、と思っているからかもしれない」

「今の感覚からすると、毎日事件に巻き込まれそうな名前です」

名探偵の名前をもじったミステリーアニメは少なくない。そしてどこにいってもひっきりなしに殺人事件が起きるのだ。

「出不精だから探偵の素質はないなあ」

「前から思ってたけど、由緒ありそうな名字ですよね」

「どうかな。御劔が嫌で一度変えたことがあったんだけど、結局すぐ戻ったなあ」

「それどういう……？」

「あ、着いたね」

こんなことを話しているうちに、目的の駅についた。

駅前なのに閑散として、小さな食料品店が一つあるだけだった。これでもまだ駅前は良い方だ。祖母の実家は隣が数百メートル先だった。減ることはあっても新しい家が建つことはなさそうに思えた。

バス停はあったが、午前と午後に一本ずつしかないらしい。もちろん駅前で待っているタクシーなどあるわけもなく、電話をして呼ぶことになる。

タクシーを待つ間、御劔は写生していた。

紙芝居の画は多少漫画的だが、ざっとこなしたスケッチは学校の美術の先生よりずっと上手《うま》いのではないかと思った。

なんの変哲もないちっぽけな無人駅が陰影と哀愁を帯び、文学でも感じさせるような佇《たたず》まいを浮かべている。門外漢の奏にも伝わるほどなのだから、意外と凄《すご》い人なのではないだろうか。

朝八時に家を出てから一時間半。奏は祖母の実家坂城家に到着した。

まったく無関係な男を連れて。


「立派だねえ」

蔵を見上げて御劔は心から言った。

坂城家の敷地は広大だった。後ろの山も所有している。祖父がお姫様をもらったと言われたのもよくわかる。

「おっ、おお、奏か」

屋敷から老人が飛び出してきた。祖母の弟嘉吉だった。奏にとっては大叔父ということになる。

「おっきぐなったなあ。じいさんの若い頃そっくりだな。あの人もきりっとした武士みでな顔したいい男でな」

　嘉吉は小太りな白髪の男だった。穏やかな顔つきは祖母と似ている。

「叔父さんもお元気でなによりです」

「元気じゃねえよ、あちこち痛えしよ。家ばかりでけぇから便所に行ぐのも一苦労だ。一人娘は嫁に持っていがれて、跡継ぎもいねえ。なあ、奏、おまえうちの結花《ゆか》と一緒になってこご継いでけねが」

　結花というのは嘉吉の孫娘で、今は大学生だ。確かに血縁といっても遠く、結婚できないことはない。

「結花の奴、このめえ来たどき鼻輪つけでだんだや。耳輪ならまだわがるが、鼻輪どきた。まんず、どでしたどでした。奏ど所帯を持でば、あのベゴも人間に戻れるかもしれねえ」

　ちなみに「どでした」とは驚いたということである。「ベゴ」は牛。

　孫娘の鼻ピアスは嘉吉にとってかなり衝撃だったらしい。相手がホルスタインであれ人間であれ、高校生の奏に結婚など考えられるわけもなかった。もちろん嘉吉も本気で言っているわけではないだろう。

「で、そっちの人はどなただい」

「うちの近所の御劔さんです。古い物に造詣《ぞうけい》が深く、ご一緒していただきました」

近所とは言いがたいが、そういうことにしておく。御劔が頭を下げる。

「珍しいものがあると聞き、飛び入りさせていただきました。ご迷惑でなければいいのですが」

「ああ、業者さんかい。かまわねよ。気に入ったものがあっだら、なんぼでも持っていってけれ」

嘉吉が蔵の鍵《かぎ》を開けた。

「明日《あした》は盆だ。晩げまでにけえらねばなねべ。さっそく見でけれ。昼飯はあばにうどんでも作らせるから」

晩までに帰らなければならないのだろう。さっそく見なさい。昼食は妻にうどんを作らせるから――地元民でも聞き取りづらいほど訛《なま》っていた。

蔵の中は随分埃《ほこり》っぽかった。電気が通っているので、暗くはない。錆《さ》びた甲冑《かっちゅう》、箱に入った壺《つぼ》、紐《ひも》でとじられた雑誌や本もある。この中から祖母に関係した物を一つ選び、持って帰るつもりでいた。

(じいちゃんが懐かしがりそうなものは)

古い物は多いが、ここはじいちゃんの生家ではない。

「これは鉄腕アトムの初版、のらくろは戦前だ」

「すごいんですか」

「高値がつくと思う」

物珍しさからつい読みふけってしまいそうになる。

「このまま潰《つぶ》したらもったいないね。古書店と骨董屋《こっとうや》を呼んで買い取ってもらった方がいい。そっち方面知ってる人がいるから、カナちゃんの大叔父さんに連絡先を教えておくよ」

他にも高価なものがあるらしい。御劔は骨董価値のあるものとそうでないものにざっと分けていった。

「もしかして目利きなんじゃないですか」

「大学で東洋美術専攻してたから、少しはね。でも、プロに見てもらった方がいい」

「やっぱり美大出身だったんだ」

「そう。だから無性に、綺麗な筋肉を持つ裸体を描きたくなることがあって」

じっと御劔に見られた。まだ紙芝居のモデルにすることを諦《あきら》めていなかったのだろうか。

「裸もバッドエンドもおことわりです」

日吉たちのことで助けられていなかったら、変態と認定していたところだ。

「つれないなあ、カナちゃん」

御劔は階段に腰をかけ、古い本をじっくりと読む。この地方の郷土史が書かれたものだった。何か紙芝居の役にたつようなものでもあったのだろうか。まだ高校生の奏は、昔のブリキの玩具《おもちゃ》などの方に目がいってしまう。

「二階もいいかな」

「どうぞ」

御劔は二階をざっと見ると二階に上がった。奏も続く。

小さな窓から田圃《たんぼ》が見える。眺めがいい。

「昔、そこは沼だったそうです。戦後の食糧難があって、田圃にしたとか」

「へえ。綺麗《きれい》な沼だったんだろうな。このへんの山は落葉広葉樹が多そうだ。秋には水面が紅《あか》く染まったんじゃないか」

沼……紅葉。

御劔の呟《つぶや》きに、奏は祖母から聞いた話を思い出した。

「ばあちゃん、小さいときに病気になってここに寝かされていたんだそうです。ちょっと感染《うつ》る病気だったみたいで。嘉吉叔父《おじ》さんも小さかったから、隔離ってことなのかな」

「それはいつ？」

「戦争中だって言ってました。ばあちゃんは九つ、毎日この窓から沼を眺めていたみたいです。当時、住み込みで働いている女の子がいて、ばあちゃんはねえやって呼んで懐いていたって」

「ねえや……優しい良い響きだな。子守や雑用を任された若い女の奉公人だ」

「療養中はそのねえやが世話してくれたんだそうです。ずっと昔あの沼には龍神様《りゅうじん》への生け贄《いにえ》が捧《ささ》げられたって話です。生け贄は女の子だったとか。ばあちゃん、蔵にいたときその生け贄の子を見たって言うんです。あ、これがけっこう面白くて、オカルト好きなら興味持ちそうな話でした」

「救いのないラストでも許されるから怪談を描くことが多いだけで、オカルト好きってわけじゃないよ。でも、龍神の生け贄ってのはすごいねえ。そりゃまた、いつの時代なんだろ」

奏は腕組みをして首を傾げる。

「そこまではちょっと。おれがばあちゃんから聞いた話は――」

＊　＊　＊

昭和十九年、秋。

戦時中といっても田舎なので、あまり日常に変わりはない。世の中はいつだって大変なことしか取り上げないものだ。新聞や歴史の本を読んでいるとまるでいつも戦争や災害、悪いことしかないみたいだ、とお父さんがぼやいていた。不平不満を言わず、つつがなく暮らしている人は空気。

だからおまえは空気でいい。家族の澄んだ空気になってくれ。そう言って頭を撫《な》でてくれていた。

坂城千代子《ちよこ》は蔵の中から沼を眺めていた。

おかっぱ頭に白い前掛けでよく笑う千代子は家族に愛されていた。でも今。千代子は胸を患っていた。

弟の嘉吉やまだ一歳に満たない妹に万が一にもうつしてはいけないから、こうして蔵の二階で寝起きしている。蔵の二階から見える眺めは美しく、朝夕と色を変える。呼吸は苦しいけれど、ねえやが面倒みてくれるから淋《さび》しくはない。

「ちょっと休んでいるだけ。またすぐ嘉吉と遊べるもん」

自分に言い聞かせるように、声に出していた。

お父さんは一日一回やってきて、早く良くなれ、と千代子を抱きしめる。お母さんが来られないのは生まれてまもない妹がいるからだ。ときどき窓から手を振って、話をする。

「千代子、治っだらなんでも美味《うま》いもの作ってやっから、しっかり養生してな」

なら甘いお萩《はぎ》を作ってもらおう。もう決めてある。治ったらお父さんとお母さんの間で眠るんだ。お姉ちゃんだからっていつも我慢させられていたんだから。

「ねえやも危ないからあんまり近づいたら駄目だよ。千代子、大丈夫だから。病気がうつったらねえやの家族だって悲しむもの」

「さあ……連絡もとれないのでわかりません。貧乏だったから、夜逃げしちまったのかも」

「お父さんやお母さんがねえやを置いてそんなことするわけないよ」

千代子は一所懸命否定した。

「冗談ですよ……。それにわたしはそんな子供じゃねえすからうづりません。そんたごと気にしなくていいんです、お嬢様。元気になれます。そのためにもおどなしく寝ででください」

お目付役のねえやがいないと、すぐに布団から這《は》い出て外を見る。奉公に来たねえやは千代子よりいくつか年上なだけだった。雪深い里から口減らしのように働きに出されたらしい。少し足が悪くて、走ることができない。でも、働き者で優しい。

治らないまま秋は深まっていく。

鏡を見ると前より痩《や》せたのがわかる。自分は九歳で死ぬのかもしれない。そう思い始めていた。みんな病名すら教えてくれない。あんなに苦い薬に慣れてしまうとは思わなかった。

寒くなってきて、山に色がつき始めた。

もこもこの綿入れを羽織り、窓にしがみつくように外を見ていた。

「あの沼には龍神様がおられるそうですよ」

ねえやが温かい食事を運んできてくれた。

「龍神様？　初めて聞いた」

「あまり噂話をしたらいげねえみたいなんです」

「どうして？」

ねえやも窓の外を見た。曇った空の下、沼はどんよりと水を湛《たた》えていた。

「内緒ですよ。昔、この沼に生け贄が捧げられたんだそうです。だからみんな口を閉ざしてきたんです」

「イケニエってお供え物のこと？」

千代子にはよくわからなかった。

「生きた人間を沼に沈めたんです。女の子だったそうです」

「どうしてどうして。神様が食べるの？」

「雨が降らなぐても、日が照らなぐっても、人柱みだいなごどはあったんだど思います。たいていは罪人を使うみたいですねえ」

千代子は怖くなった。あの沼には沈められた女の子がいるのだろうか。今も水底で龍神のとぐろにまかれ……

「だがら沼なんかあんまり見ない方がいいんです。お嬢様はお布団の中で自分の体のごどだけ考えでいでください。ほら、お顔の色も悪ぐなって」

ねえやに布団に戻された。

そんなに自分はひどく病人に見えるのだろうか。ここには鏡がないので千代子にはわからなかった。

閉じ込められて、一人で死んでいく。沼に沈められた少女のように。真っ暗なところで、苦しくて、寂しくて……。そんなことを考え、千代子は布団の中に潜って泣いた。

死ぬかもしれない、という漠然とした不安が現実味を帯び、千代子の胸を押し潰《つぶ》す。千代子にはそれが病気のせいに思え、ますます状態を悪くしていた。

それでも千代子は窓の外を見ていた。

山が紅くなっていく。沼も染まっていく。小さな沼は三方を山に囲まれていた。ねえやの話を聞いてから、少し怖い。でも、綺麗《きれい》な眺めが気持ちのよりどころであることは変わらなかった。

あるとき、沼の中央に小さな波紋が広がっているのが見えた。

（……龍神様？）

沼の神様は女の子を食べに来る。体が震えた。でも、目をそらすことはできない。

あれが神様ならちゃんとこう言わなくては。

「千代子を食べないでください」

あの波紋から何かが出てくるのがわかる。まだ見えない。

「お嬢様、寝でねば駄目です」

窓にしがみつくようにしていた千代子を見て、ねえやが驚いたらしい。

「沼の下から何か上がってくるみたいだったの。丸い波がいくつも」

どれ、とねえやも外に目をやった。

「何もありませんよ。お可哀想に怖い夢を見でだんすね」

確かに沼はいつものようにほとんど動きがない。微《かす》かに風に揺れる程度だった。

ねえやが持ってきた粥《かゆ》を口にして、薬を飲み、千代子は床についた。気が弱くなってそんな夢を見ていたのかもしれない。両親にも呆《あき》れられるほど、いろんなことを空想する子だった。

大きな蝶々《ちょうちょう》に乗せてもらうの。

朝起きたらタマと同じ尻尾《しっぽ》が生えているの。

そんなふうに、またわたしは夢を見てしまったのだ。

何があろうと千代子は窓から外を見るのをやめなかった。蔵の中は息詰まるような闇。これが死んだあとの世界だと、闇が囁《ささや》く。でも、小さな窓の向こうには光が溢《あふ》れている。

翌日、また沼に波紋が広がった。真ん中に黒いものがある。龍神《りゅうじん》が姿を現そうとしているのだろうか。わたしを食べに。

「千代子は美味《おい》しくありません」

沼に向かって言った。神様にだってきっと言わなきゃ伝わらない。

真ん中の黒いものが少しずつ上がってきているのがわかる。千代子にはそれが人の頭のように見えた。でもまだ顔が見えるわけじゃない。夢を見ているんだ。胸が苦しいからこんな怖い夢を見るだけだ。

「お嬢様、おどなしぐ寝でますか」

ねえやがやってきた。

「ねえや、沼に誰かいるの」

叫んだあと、急いで窓に目を戻した。この一瞬で消えているような気がしたら、やっぱりそうだった。何もない元の沼があるだけだった。

「何もいませんよ。さ、いい加減ちゃんと休んでくださいね」

またねえやに叱られる。

沼の異変は千代子にしか見えないのだということを悟った。

真っ暗な蔵の夜。千代子は考える。あれが龍神ではなく、人なら……きっとイケニエになった少女だ。

ひとりぼっちで何百年もあんなところにいたのだろうか。

少女は沼から出てこようとしているのではないか。

（なら応援しなきゃ）

そう考えるのが千代子という子供だった。

それからというもの、夜が明けてからねえやがやって来るまで、千代子は沼を眺めることを今まで以上に日課とした。

思った通りだ。黒いものは人の頭だった。切りそろえた前髪と双眸《そうぼう》が現れる。黒い髪が水面に丸く広がっていった。

もう怖くない。

紅葉に彩られた山と鮮やかに秋を映す水面《みなも》。その真ん中から生《い》け贄《にえ》の少女は復活しようとしている。沼神の呪いを離れ、天を目指しているのだ。

「頑張って」

わたしも頑張る。

その次の日には少女は顎《あご》のあたりまで姿を見せていた。遠目にも美しい。まるで少女こそが沼神の化身のようであった。

（誰かに似ているような気がする）

その誰かがわからない。でも、悪いものである筈《はず》がない。

また翌日には少女は肩まで現れた。少女は着物を着ている。不思議と濡《ぬ》れそぼった様子はなかった。広がる波紋、山の紅を映し揺れる。

数日後には少女は水面に立っていた。

長くて黒い髪。花嫁衣装なのか、死に装束なのか、白い着物。少女はこちらを見ている。表情まではわからないが、千代子の頭の中では微笑んでいる。

勇気をもらった。

少女の体がふっと浮いた。

光になって空へ昇っていく。

「お嬢様、まだ沼見でだんですか。龍神様や生け贄の子に祟《たた》られてしまいますよ」

やってきたねえやに語らずにはいられなかった。

「生け贄の子は空に昇ったの。沼の泥も水も龍神様も、あの子をとどめておくことはできなかった。わたしたち一緒にもう一度生きましょうね、って思ったの。わたし、なんだか元気になってる」

ねえやは目を瞠《みは》った。千代子がいよいよおかしくなったと思ったのかもしれない。

蔵を出て、母屋に急いだ。

父親が駆けつけてきて、それから医者が往診に来た。みちがえるほど回復していた千代子に驚く。

それから何日かして、千代子は医者から太鼓判を押され蔵を出た。入れ替わるようにねえやは坂城家から姿を消していた。

＊　＊　＊

祖母から聞いた話を奏も丸々信じているわけではない。祖母自身、病気で朦朧《もうろう》としていたから夢なのかもしれないと付け加えていた。

幻でも現実でも、その沼の少女が祖母を励まし、病から救ったのであれば、孫である奏にとっても恩人のようなもの。

『笑われそうだから、ずっと誰にも言わなかったんだよ。でもカナちゃんなら聞いてくれるかなと思ってねえ』

亡くなる数日前だった。誰かに話しておきたかったのだろうか。

「……って、また涙ぐんでる」

こんな涙もろい大人の男は見たことがない。奏に指摘され、御劔は鼻をかんだ。

「おばあちゃんはカナちゃんなら否定しないで聞いてくれる、ってわかってたんだろうなって思ってさ」

　確かに姉なら、それ夢だし、と一笑に付していたような気はする。自衛官だった祖父も現実的だ。

「御劔さんは信じるんですか」

「おばあちゃんが見たということは事実だと思うよ。たとえ他の誰にも見えなかったとしても」

　御劔は窓から身を乗り出した。

「あそこに沼があって、山々の紅葉を映す……いいね。いい絵だ。そこに綺麗な沼神が現れる。何日もの間、見届けた少女の病は治っていた」

「ばあちゃんの思い出を怖い紙芝居にしないでください」

　釘《くぎ》を刺しておかないと不安だ。

「カナちゃんのおばあさんは亡くなっている。千代子ちゃんの物語はもう悪いラストにはなりようがないな」

　それを聞いてほっとする。

「沼の龍神の話……地元の子でも知らなかったのに、離れた土地から奉公に来たねえやは何故知っていたんだろうね」

　御劔は釈然としないというように腕を組んで考える。

「単に怖いから小さい子供には教えなかったのかも」

「生け贄はわかるけど、龍神の話も知らないというのは不思議だ。神と呼んでいるのに祭事もなかったってことだろう。ところで、ねえやは何故いなくなったのかな」

「郷里に帰った、とばあちゃんは親から聞いたそうです。急だったので驚いたって。それから二度と会えなかったことを残念がっていました」

ふうん……と呟《つぶや》き、御劔は再び下に降りて本を読み始めた。それからかなり古い新聞の束を見つけ、食い入るように見る。

まもなく、嘉吉が蔵に入ってきた。

「掃除もしでねがら埃《ほこり》っぽかったべ。ながまってままけ」

召し上がれ、来い、痒《かゆ》いはすべて「け」で表現される。「ながまってままけ」はゆっくりご飯でも食べてくれ、と言うことだ。奏は、はいと応えた。

嘉吉の細君が出してくれたうどんを平らげ、奏と御劔は一息ついていた。縁側に腰をおろし、庭を眺める。

戦前はこの地域の大地主だっただけあって、庭にも屋敷にも金がかかっているのがわかる。それでもこの家は嘉吉の代で終わりなのだろう。それがわかっているから、蔵も取り壊すことになったのだ。

祖母が幼かった頃は大家族で、奉公人もいて賑《にぎ》やかだったに違いない。村の住人も多く、祭りなどもあったらしい。

「叔父《おじ》さんはばあちゃんが病気になって蔵で寝ていた頃のこと覚えてる？」

「ああ、そんたこともあったような気がするな。はっきりとは思い出せね」

嘉吉はそのとき、七歳くらい。あまり覚えてないのも無理はない。

「ねえやと呼ばれていた住み込みの若い女中さんがいたと聞きました。立派なお屋敷だったのでしょうねえ」

御劔に言われ、嘉吉はんだんだと肯《うなず》いた。

「そりゃそんだ。おらもお坊ちゃんだったんだ。ねえやが……懐かしいな、覚えでいるよ。ちょっと足が悪くて、優しぐでな。そんだ、姉ちゃんが病気で蔵にいた頃、いなぐなったんだったなあ」

七十年ほども前のことに想いを巡らす。昔話をできることが楽しいようだった。

「蔵から見えるところに沼があったってばあちゃん言ってたけど、龍神《りゅうじん》なんてほんとにいたの？」

「龍神？　なんだそりゃ。なんか沼だが池だがあったのは覚えでるけど、そんなものは聞いだごどねえ」

知ってるか、と女房を振り返る。妻もこのあたりの出身らしい。

「知らないねえ。龍なんてものが住めるほど大きな沼じゃなかったと思うんだけどね」

嘉吉より年長でないと知らないことなのか、それとも龍神の話自体が眉唾《まゆつば》なのか。

この調子では生《い》け贄《にえ》のことなどもちろん知らないだろう。

「戦後に埋められて田圃《たんぼ》になったんですね。かなり大変な事業だったんじゃないですか」

御劔の質問に嘉吉は肯く。

「大掛かりだったよ、まず水を抜かないとならねえだろ。そしたら底から骨が出てきて、また騒ぎよ」

「それは人骨ですか」

「んだんだ。身元もわがらねくて、無縁仏ってこどになって、うちの親父がきっちり葬儀もあげて弔った」

御劔は考え込んでいた。何を考えているのかは奏にも想像がつく。その骨こそ、生け贄の少女だったのではないか、そういうことだろう。祖母の話が裏付けられたことになるのか。

「そいで蔵ん中に何が持って帰りてものはあったが」

「観たことないようなものばっかりで面白いんだけど、形見分けってなるとわかんなくて。ばあちゃんの若い頃の写真とかある？」

「おう。ちょっと待ってれ」

嘉吉はよっこらしょと立ち上がり、奥に消えた。すぐに古いアルバムを持って戻ってきた。ずっと見たこともなかったのか、積もった埃を払う。

「こいだこいだ。どうだ、けっこう美人だべ」

若い頃の祖母は確かに綺麗《きれい》だった。白黒写真の効果もあるのかもしれないが、頬の線が柔らかで品がある。女っ気のなさそうな自衛官からみれば、まさしくお姫様だっただろう。

「お綺麗ですね。奏君はおばあちゃんにも少し似ているかもしれない」

「そうだな。奏は親より祖父《じい》さん祖母《ばあ》さんに似てらあ」

子供の頃から言われていたが、こうやって写真を見るとそのとおりなのかもしれない。

「こちらは小さい頃ですね」

御劔は特に古い写真に目をつける。いがぐり頭の小さな男の子がブリキの車で遊んでいる。おかっぱ頭の女の子。その女の子に見せてあげるようにお手玉をする、赤ん坊を背負った三つ編みの少女。縁側で遊んでいるようだった。

「これがねえやだ。こんな写真もあったんだなあ。そうそう妹を背負ってなあ。このあどだ、姉ちゃんが病気になっだのは。ねえやが看病してくれでだよ。治るまでおれは近づいちゃなんねえって言われでだ。抵抗力のない小さい子や年寄りは駄目だって言うんだ。せっかく病気が治ったらねえやは故郷に帰ってしまったっていうし、ねえちゃん泣いでだなあ」

古い写真が記憶を呼び起こしたようだ。

「おらも、爺《じじい》になってしまったなあ……若い人には信じられねえだろうけど、おらがだにもわらしの頃や若げぐて輝いでだどきもあったんだ」

「昔を懐かしむことができるのは、しっかり長生きした人の特権かもしれませんねえ。あやかりたいものです」

御剱は立ち上がった。

「ではもう少し蔵の中を見せてもらっていいですか」

嘉吉にことわってから御剱と奏は再び蔵に入った。写真を見たからか、ブリキの玩《おも》具《ちゃ》に目がいった。中にはぼろぼろになり、元の色もわからないものもあった。ほとんど嘉吉のものだろう。かなり古い人形もあったが、なんとなく怖くて持ち帰る気にはならない。

「人形以外でばあちゃんのものってなんだろ」

「この馬車はどうかな。ブリキだけど、ヨーロッパの貴族が乗りそうな女の子向けのデザインだよ。大事にしてたんだろうな、箱に入って保存状態もいい。昭和十三年の日本製だ。この頃から戦争が近づいて金属製の玩具が作られなくなっていったから、貴重だと思う。マニアが見たら泣くよ」

　カボチャの形ではないけれど、車体は優美な曲線を描き、大きな車輪と開放的な形をしていた。

「ほんとだ。よし、これ貰《もら》っていきます」

　しげしげとブリキの馬車を見る。箱には馬の絵まで描かれていたが、さすがにそこまではついていない。それでも木目や椅子の模様まで細かく描かれていた。

「ふう。来るまでは面倒くさかったけど、けっこう面白かったな」

　振り返ると御劔はいなかった。二階に上がり、窓の外を見ている。奏も二階に上った。

「龍神様の伝説は結局なんだったんでしょうか。嘉吉叔父さんも知らないとなると、かなり怪しい気が」

「龍神なんてもちろんいないよ。ここにあったという沼は明治の初めに作られた農業用の溜《た》め池だったんだ」

　奏は目を丸くした。

「どうしてそんなこと」

「さっき読んだ地元の文献に書いてあったよ。人が作った溜め池にわざわざ神様を祀《まつ》ったとも思えない。普請のための安全祈願くらいならしただろうけどね。着工が明治四年。祈願のためでも人間を生け贄にはしない」

奏は首を傾げた。

「じゃ、ばあちゃんの記憶違いか、それともねえやの勘違いなのかな」

奏を見つめ、御劔は微笑んだ。

「カナちゃんみたいな素直な子には理解できないかもしれないな。坂城千代子という無垢《むく》な少女の物語の裏に、もう一人の女の子の物語があったことを。それはたぶんこんなお話だと思うんだ……」

＊　＊　＊

昭和十九年、秋。

少女は冷えた指先に息を吹きかけた。

山に囲まれた村に故郷を思い出す。冬になれば屋根が埋まるほどの雪。出稼ぎするしかなくなる土地だった。ここはあの村より雪が少ないだけましだ。

家は貧乏で奉公に出された。三年分の給金を先に親が受け取っているから、辛《つら》くても逃げられない。いいや……辛くはない。ここは旦那《だんな》様も奥様もお子さんたちもいい人だ。

善《よ》い他人《ひと》だ……。

「ねえや、いつもありがとう」

千代子は特に可愛らしい。お人形のようで性格も素直だ。神様が綺麗なものだけ集めて作った女の子。

ねえや、と呼んで慕ってくれる。最近はみんながわたしをねえやと呼ぶ。

（わたしの名前はなんだったっけ？）

少女はときどき思い出せなくなる。

戦争のせいで郵便が混乱しているのか、もう随分家から手紙も来ない。みんなどうしているのだろう。母の病は治っただろうか。父はちゃんと仕事をしているだろうか。兄は徴兵されてしまったのか。妹は……弟は……。もうわからない。

いいえ、違う。

わたしはわかっている。きっと捨てられたのだ。もう戻っても家なんかないのだ。認めたくないけれど、奉公に出されたときにはその兆候はあった。

うちはそのくらい貧しかった。そして家族の心も荒《すさ》みはじめていた。

ここで働いていれば、旦那様が嫁ぎ先を紹介してくれるだろう。見捨てられることはない。

ある日、千代子が病気になって蔵に置かれた。淋《さび》しそうでお可哀想だ。咳《せき》をすれば背中をさすってあげる。わたしは優しいねえやだもの。

旦那様も奥様も心配していた。本当は蔵なんかに入れたくないけれど、医者に言われたからだ。

『千代子が可哀想で』

『大丈夫だ、千代子は強い子だ』

夜、涙ぐみながらそんな話をしていた。千代子は本当に愛されている。

千代子のお世話のために蔵と母屋を何度も行き来する。献身的に尽くした。早く良くなってほしいと思う。その心の底の底で、こうも思っていた。

(病気ぐらいがなんだ。裕福な家で、みんなに愛されているくせに)

自分には何もない。愛してくれる家族もない。

なんでこんなことを考えるんだろう。

千代子は良い子だ。千代子に何か一度でもひどいことをされたことがあったか、そう自分に問いかける。

自分が嫌になる。貧しくて卑屈で足も満足に動かない。心まで醜い。

今は一所懸命千代子を支えよう。妬《ねた》みがましいことを考えるなんてもってのほかだ。人には分がある。

「なんで病気になんかなったんだろう」

つまらなそうに言い、千代子はひがな一日窓の外を見ている。色づき始めた山々に慰められているのかもしれない。

「冷えますから、お布団で休んでください」

そう言うと少し悲しそうな顔をする。

「蔵の天井なんか見てるより山や空や沼の方がいいもん」

もっともなことだ。だが、千代子を大人しく寝かせておくのが少女の役目だった。どうすれば黙って寝てくれているだろうか。

「沼は怖いんですよ、あんまり見ない方がいいんです」

夜に爪を切ると親の死に目に会えない――そんな類《たぐ》いの子供に対する戒めのつもりだった。沼が怖くなれば千代子も起き上がって窓の外を見なくなるだろう。最初、少女はただそう考えただけだった。

「どうして怖いの？　きらきらしてて綺麗《きれい》だよ」

「あの沼には龍神《りゆうじん》様がいで、昔は生《い》け贄《にえ》が捧《ささ》げられたんです。女の子だったそうですよ、お嬢様も狙われでしまいます。生け贄になった子が龍神ど一体となって、女の子を沼に引きずるって怖がられでます」

少し話を作りすぎただろうか。千代子は本気で怖がっていた。

「絶対に内緒ですよ。口に出しただけで沼に目つげられるみだいです」

嘘をついて千代子を脅かしたなんて旦那様たちに思われたくない。堅く口止めをしておいた。

それでも千代子は沼を見ていたようだ。見るなと言われれば見たくなるものなのかもしれない。千代子の病状は悪くなっていった。

「千代子、死んじゃうのかなあ」

そんなことを呟《つぶや》かれたときにはどきりとした。実際、千代子の病は死んでもおかしくないものだ。医者がこれ以上は運を天に任せるしかないとまで言っていた。

「沼から人が上がってくるの」

ついに千代子はとんでもないことを言い出した。

心配したが、心のどこかで嗤《わら》っていた。お可哀想なお嬢様、胸を病み、蔵に閉じ込められ、わたしが作った居もしない沼の神に祟《たた》られる。

このとき、千代子ではなく、少女の心にこそ沼から湧いてきた邪神が住み着いていたのかもしれない。

何もない沼を眺め続ける千代子は憑《つ》かれているように見えた。千代子は死に近づいているのではないか。

(可哀想？　あの子は大地主の娘で、可愛らしくて、誰もが大事にしてくれているじゃない。ちょっとくらい早死にしたからってそれがなんなの)

誰がわたしを心配してくれるだろうか。わたしは売られた。学校にも行けず子供の御守をして、手にあかぎれをつくっている。

……わたしは生まれ落ちたときから暗い沼に沈められているのだ。

今日も千代子は窓の外を見る。わかっていてももう止めない。

(引きずり込まれてしまえばいい)

空と紅や黄色に染まった山を映し、沼も五色に揺れる。千代子は浮かび上がってくる〈生け贄〉に魅入られている。

わたしが生み出した沼神が千代子を殺す。取るに足らない、塵《ちり》のような小娘が、幸福なお嬢様を死に追い詰める。蝕《むしば》まれた少女の心は自らが手にした黒い影響力に酔っていた。

が、ある日。

「生け贄の女の子は沼から甦《よみがえ》ったの。すごく頑張ったの。一緒に頑張っていたら、わたし元気になってる。もう病気じゃない」

千代子が何を言っているのかわからなかった。怖くなって、すぐに母屋に行き、このことを話した。

千代子の両親が駆けつけてきて、すぐに医者もやってきた。

「本当に治っている!」

医者は叫んだ。皆が千代子の回復を喜んだ。

「ありがとう、ねえや」

千代子は心から礼を言ってくれた。なんて真っ直ぐな子供だろう。少女には千代子の目を見ることもできなかった。


少女はその夜、沼のほとりに立っていた。

水面《みなも》は月を映し、揺れている。

(わたしはお嬢様を呪った。自分も呪った)

ここには本当に〈沼神〉がいて、信じれば病すら治してくれるのだろうか。

わたしの足も治るだろうか。わたしの心も治るだろうか。

千代子が見た幻のように、いつか生まれ変わりたいと思った。一歩一歩と進み、冷たい水に足をつけていく。

「沼神様……どうかわたしを」

夜よりも冥《くら》いところへ。孤独も憎しみもないところへ。

沼の泥が重く絡みつく。

この夜、沼は初めて〈生け贄〉を手に入れたのだ。

＊　＊　＊

黙って聞いていた奏はようやく顔を上げた。

祖母の話が少女の見た幻だとしても、せっかく気持ちよく終わった物語を穢《けが》す必要はない筈《はず》だ。

「御劔さんの妄想です」

「まぁまぁ。うん、確かにこれは想像に過ぎない。でも、想像にも根拠はある」

御劔は沼があったであろうあたりに目をやった。

「干拓のとき、見つかった骨だよ。生け贄はいなかったのなら誰の骨かってことになるだろ。水底で人骨としての形が残っていたなら、そこまで古いご遺体ということはないだろう」

「ねえやとは限らないじゃないですか。他に行方不明になっていた人がいてもおかしくない」

奏は動揺していた。それは祖母の望みではない。

「うん、かもしれない。ただ、何故ねえやはお嬢様にも何も言わず姿を消したのか。カナちゃんの曾《ひい》おじいさんたちは何故その骨を手厚く供養したのか。彼らにはそれがねえやの骨ではないかと思うところがあったんじゃないかな」

「ねえやが黙って消えたなら、警察だって動く筈です。それで何年か後に骨が見つかったなら、遺体がねえやの可能性も考慮にして調べるのが普通なんじゃ」

人一人いなくなって、骨が見つかって、そこまで有耶無耶《うやむや》になるとは奏には思いにくかった。

「人骨が見つかっても身元確認はまず無理だよ。戦後の混乱期でもあった。法医学のレベルも違う。ただ可能性がある、もしや、という直感が当時の坂城ご夫妻にあったんじゃないかと思うんだ。事故か自殺かは判断がつかなかっただろうけれど」

「ばあちゃんも嘉吉叔父《おじ》さんもねえやは故郷に帰ったって言ってます」

今も生きているかもしれないのだ。

「ねえやがいなくなったとき、坂城家は当然彼女の実家に問い合わせしようとしただろう。奉公が辛《つら》くて逃げることはいつの時代でも珍しくもなかったと思う。だけど、どうしても連絡はとれなかった。想像するしかないけれど、何かあって一家離散したのかもしれない」

「なら、何故故郷に帰ったなんて嘘を」

「その当時のおばあちゃんはねえやが大好きだったんだろ。たぶん病後の娘には心配させたくなくて、ねえやは郷里に帰ったと教えていたんじゃないかな。骨が出たからといって警察に、失踪《しっそう》したうちの奉公人かもしれない、とは今更強く言えなかっただろう。遺骨を引き取る身内もいない」

御劔の推測だ。だが、間違っているような気がしない。ねえやも実家から手紙が来なくなったと祖母に言っていたのだ。

何も知らなかったのは祖母にとって幸いなことだっただろう。少しだけ御劔が怨《うら》めしかった。

「……そこまでバッドエンドにしなくてもいいのに」

責められて御劔は悲しそうな顔をする。

「ごめんごめん。悪い癖だよ。どうせ真相なんてわからないのにねえ。信じる必要はないよ」

御劔は幕を閉じるように観音開きの窓を閉めた。

「形見分けの一品も見つかった。帰ろう」

奏はブリキの馬車を持った。こんなことは仏前に報告できない。ばあちゃんの中では綺麗《きれい》な思い出のままでいい。

「帰ります」

蔵から出たとき、やけに外が眩《まぶ》しかった。照明もあったのに、迷宮の洞窟《どうくつ》から抜け出たように感じた。だからといって解き放たれた気もしない。

なんというか、白雪姫の話を読んでほっとしたあと、意地悪な継母《ままはは》がどうなったかまでの追加エピローグを読んでしまった気分だった。

御劔の仮説が正しかったとしてもねえやを酷《ひど》い人だとは思わない。ただ哀しいだけだ。御劔はハッピーエンドの続きや裏側を考えてしまう人なのだろう。

「終わったけぇ」

母屋から嘉吉が出てきた。

「お、そいは姉ちゃんが大事に飾っていた馬車じゃねえが」

「大事にしていたのに、結婚するとき持っていかなかったの？」

「転勤の多い自衛隊の男と結婚するんだ、荷物は増やせねって言ってな。親父たちは山ほど嫁入り道具を持たせたかったみでえだが、そいも断った。家財は二人で少しずつ増やしていぐがらってよ」

祖母らしい話だと思った。

「あの……ねえやとはその後本当に連絡がとれなかったのかな」

ここが大事なポイントだ。年賀状が今でも来ているよ、とか言って根底から御劔の想像を覆してほしかった。

「姉ちゃんはなんでかよっぽど気になっていたんだろうな。高校生のとき一度こっそりねえやの実家の住所に行ってみだらしい。でも、家もなぐなっていた。誰も消息は知らなかっだそうだ。ここより寂しい田舎だったとさ。おれもねえやが嫁にいって幸せになってくれだど思いてえよ」

祖母は何か察していたのかもしれない。ねえやが生きていることを確認せずにはいられないほどの不安を抱いていたのだろうか。

「あんたたち、隣のあんちゃんが駅の方まで行くっていうから乗せてってもらいな」

嘉吉の妻が門の前で手招きしていた。車が一台停まっている。

あんちゃんといっても四十半ばくらいに見えた。このへんでは充分若者なのだろう。日焼けした顔で乗っていきな、と快く言ってくれている。

嘉吉夫婦に挨拶《あいさつ》し、奏と御劔は車に乗った。蔵が遠くなっていく。

「坂城さんとこの親戚《しんせき》かい。あそこの蔵も取り壊すんだろ。寂しくなるなあ」

「あの蔵の向こうに沼か池があったって知っていますか」

「沼ぁ？　知らねえな、そんなものあったのかい」

奏は吐息を漏らした。このくらいの年齢の人でも噂にも聞いたことがないほど、沼があったのは昔のことなのだ。

沼に生かされた少女と沼に沈んだ少女……

奏は馬車が入った箱を抱きしめながら、二人の少女の行く末に想いを巡らした。

二両しかない電車はやっぱりがらがらだった。車窓から入る西日がきつい。

別れ際嘉吉にもらった大量のすももが甘酸っぱい匂いを放っている。

「御劔さんは何もいらなかったんですか」

「すももは留美の好物なんだ。いい土産になったよ」

駄目大人呼ばわりされても留美のことは可愛いらしい。

「さすがのカナちゃんも疲れたか」

移動や蔵の中での作業で疲れたというより、御劔が描いた裏ストーリーの方が堪《こた》えた。

「親父の代わりなんで気疲れしました」

「それ、おじいちゃんに渡すのかい」

御劔に訊《き》かれ、奏は考え込んだ。帰れば、祖父の病状と向き合わなければならない。

「うん……見せるけど、でもばあちゃんとの共通の思い出ってわけじゃないから、じいちゃんを元気づけるには至らないかな」

「おじいちゃんはまだしょんぼりしてるの？」

「最近もっと様子がおかしいかもしれない。昨日、姉貴に言われたんだけど——」

夜明け頃、正座してテレビの砂嵐をじっと見ていたという話だ。姉は祖父が呆《ぼ》けたのではないかと疑っている。医者に診て貰《もら》うべきか否か、そんな会話をかわしたが、祖父が呆けたとは思いたくない。まして貞子など論外だ。

「おじいちゃんが何を観ても自由さ」

「御劔さんは他人事《ひとごと》だからそんなこと言えるんです」

「おじいちゃんちのテレビはアナログ？」

「だと思います。昔のテレビの上にデジタルチューナー置いて使ってます」

話を聞いていた御劔はなにやら考え込んでいた。

「明日《あした》、あ、お盆か。じゃあさってにでも、おじいちゃんのところに遊びにいってもいいかな」

「なんでまた。じいちゃん、話しかけてもあんまり反応もしてくれませんよ」

ましてや祖父にとっては御劔は見ず知らずの他人だ。心配してくれているのかもしれないが、解決になるとは思えない。

「今日はおばあちゃんの人柄も知ることができた。なんかね、話が弾みそうな気がするんだよ」

御劔は手の甲に顎《あご》をのせ、窓の外の夕景に目をやる。天然パーマの前髪が優雅に見えた。

3

親戚の蔵を探検し、初盆を済ませた八月も半ば。

御劔が我が家にやってきた。正確には祖父の家だ。あら好み、と姉が義兄の隣で呟《つぶや》いていた。

祖母の実家の蔵に同行してくれた人だと祖父に紹介する。その前にも世話になっていることは簡単に伝えておき、初対面のための根回しはしておいた。祖父にはブリキの馬車を渡してある。

厳めしい顔つきの祖父に対し、御劔は祖父の鼻息で飛んでいきそうな男だ。木崎平治が御劔に抱いた第一印象はさほど良いものではなかっただろう。

「孫がお世話になりました」

「お線香をあげさせていただけますか」

仏間に通され、御劔は仏壇の前に座った。

まだ三が日なので仏壇は膳《ぜん》を供えられ、ナスの牛とキュウリの馬がいて、賑《にぎ》やかに飾られている。

祖母の遺影を見つめ、線香を上げ手を合わせた。

「欄間の細工も見事です。この硝子《ガラス》障子も凝っている。木目は温かで、本当に良いお宅ですね」

「戦後まもなくうちの親が建てたのですよ。私は仕事柄引っ越しが多くてあまりここには住めませんでしたが、大事に直して使ってきました」

奏は驚いた。最近の祖父は何を話しかけても気が抜けたような返答しかしていなかったのだ。御劔に対し、しっかり受け答えしている。他人だから少し緊張感があるのだろうか。

姉と母が座卓にお茶を置いた。話の邪魔にならないようにそそくさとその場を離れる。二人とも祖父の受け答えを心配していたようだった。見えないところで聞いているのかもしれない。

「奥様は幸せ探しがお得意だったのではありませんか。物事を良い方に考えられる女性でしたでしょう」

「何故おわかりになる。ああ、嘉吉から聞いたんですな」

「お写真を拝見しただけでもわかりますよ。ご結婚なされてどれくらいでしたか」

「五十五年です」

「それは一つの歴史ですね。ところで、もしかして最近テレビの映りが悪くなっていませんか」

唐突に話題が変わり、祖父は面食らったようだ。

「そのとおりですが……何故」

「私が調べてみます。この間の台風はひどかった。アンテナも動いたかもしれませんね」

「ああ、電気関係の方ですか」

「紙芝居屋です。ゆえにテレビを直せるかどうかはわかりませんが」

紙芝居屋とテレビの故障がどうつながるのか祖父にはわからなかったようだ。奏にだってわからない。ただ黙って二人のやりとりを見つめていた。

「紙芝居とは珍しい。昔は楽しませてもらいました。黄金バットに夢中でした」

「黄金バットはいい。あの外見で正義の味方だっていうんだから、最高にぶっ飛んでます。男が本気で誰かを守ろうと思うなら、呑気《のんき》に優しい顔なんかしていられないのかもしれません」

「さようですな、わかります」

祖父はつくづくと肯《うなず》いた。

「現代の紙芝居はなかば古典文化みたいな扱いなんですよ。ご存じのとおり大衆の娯楽はテレビにすっかり乗っ取られました。今度はテレビがネットに乗っ取られかけているようですねえ」

御劔は好きなことの話になると本当に饒舌《じょうぜつ》だ。

「栄枯盛衰ですな。よろしかったら、いつか私にも御劔さんの紙芝居を見せてください」

「喜んで。私の紙芝居は心臓に悪いらしいのですが、木崎さんならびくともしないでしょう」

話が弾んでいる。紙芝居屋というのは、老人と話を合わせるのに都合のいい職業であるようだった。内容は奏にはよくわからないが、呆けているかも、などと少しでも疑った自分を恥じた。

御劔が祖父を老人扱いせず、経験豊富な先人として尊重しているのがわかる。

御劔と祖父がテレビのある居間に移動したので、奏も黙ってついていく。茶簞笥《ちゃだんす》の上に、箱に入ったままのブリキの馬車が置いてあった。

「ではお借りします」

御劔はテレビのリモコンを手に取り、スイッチを入れた。チャンネルを変えていく。一つだけ映らず、砂嵐になっていた。祖父が夜明けにじっと見ていたというのは、番組終了後のものではなく、これだったのだろう。

「息子さん家族が隣にいるのに、テレビの不具合を誰にも話されなかったのは何故ですか」

「観たいものもありませんから、困っておりません」

「最近はこの砂嵐の画面、あまり見る機会がありませんね。私の部屋にあったテレビはチャンネルをガチャガチャ回すタイプのものなので、しょっちゅうでしたが」

「ほう、まだ使えるんですか」

「残念ながらもう映りません。私も観ませんから困ってないんですよ」

二人は笑った。祖父の笑顔は久しぶりだった。

「この砂嵐を観てるといろいろ思い出すことがあるんです。もしや木崎さんもそうではありませんか。だから壊れたままでいいと思ってらっしゃる」

祖父の目が見開いた。うつむき、ぽつりと呟く。

「確かに思い出しました……新婚の頃のことです」

「お聞かせください」

二人はテレビの前で並んで正座していた。彼らの会話はますますもって奏には理解不能だったが、それでもここからが大事なところ。奏は一切言葉を挟まず、見守っていた。

「初めてテレビを買ったんですよ。家内を喜ばそうと思って。まだ白黒でしたな。なのに、肝心なところでテレビはちゃんと映らず、ずっとこんな画面でした。あとでわかったことですが、安物の不良品をつかまされたのです。当時の安月給ではそれでも清水《きよみず》の舞台から飛び降りるような気持ちで買ったものです」

「でも、奥様は怒らなかったのでしょう」

「そうです。あんなに楽しみにしていたのに、こんなザアザア言うだけのテレビを観て、わたしにはちゃんと見えるから大丈夫、と笑ってました。家内は何を観たんでしょうな、気をつかってくれたんだと思いますが」

祖父は膝《ひざ》の上の拳《こぶし》をきゅっと握りしめていた。

「今までのお話から察するに、楽しみにしていた番組というのは昭和三十四年の皇太子殿下のご成婚ではありませんか」

「あなたはお若いのになんでもご存じだ」

祖父は感心していた。

御劔はテレビを消すと立ち上がり、茶箪笥の上の箱を持った。中からブリキの馬車を取り出し、妻を亡くした男に手渡す。

「ご成婚のパレードは馬車です。奥様のイメージはこれだったんでしょう。見えなくても見えたんです。この馬車の中に奥様自身と木崎さんが乗っていたんですよ。王子様とお姫様です」

不思議とシンとなった。うるさく吠《ほ》えていた隣の犬も風鈴も、音をたてるのを遠慮した。

祖父の肩が震える。馬車の上に涙が落ちるのを見た。奏ももらい泣きする。廊下から鼻をすする音が聞こえた。母と姉だろう。

「お話しできて良かった。それではお暇《いとま》します」


残暑に蟬が啼《な》く。

アスファルトに逃げ水が揺れている。

遠くに工場の煙が見える。廃品回収の車から定番の台詞《せりふ》が流れる。いつもと変わらない夏の日だ。

「その気になればあんなに喋《しゃべ》れたんですね」

本人を横に呟《つぶや》いていた。

「ん、何が？　しかし、紙芝居でもないのに一昨日《おととい》と今日で一年分の社交性を使ってしまった気がする。これはしばらく穴蔵でグータラしないと」

御劔はスクーターを押しながら、疲れたように首を回した。

「テレビ直すの忘れたね。ま、素人がいじるより買った方がいいかもしれない」

「そう勧めておきます。あの、ありがとうございました」

「なに？」

御劔は礼を言われた理由がわからなかったようだ。

「じいちゃんを助けて貰《もら》いました」

御劔に深々頭を下げるのはこれで二度目だ。

「そんな大袈裟《おおげさ》なことじゃない。あれもこれも、全部こちらの想像だって」

「想像上のストーリーなのにバッドエンドじゃなかったんですか？」

「あ、ほんとだ。これは珍しい」

自分でも意外だったようだ。

「おれ今は、ねえやのことだって必ずしもバッドエンドだと思ってません。もしかしたらあのあと、沼だか溜《た》め池だかの神様がねえやのことも助けたかもしれない。空に昇って甦《よみがえ》ったかもしれないじゃないですか。ってか、ばあちゃんなら絶対そう思ったと思うんです。悪いけどおれ、御劔さんよりばあちゃんの考えたラストシーンを選びます」

御劔は目を丸くして、楽しそうに笑った。滅多に他人に見せない心からの笑顔であることなど、もちろん奏は知らない。

「九歳の千代子ちゃんが見たものは実はねえやだった……うーん、いいな、それ。世界はループしている」

「いえ、そこまでは言ってません」

いきなりＳＦみたいにされても困る。だが、祖母は沼の少女を誰かと似ていると思ったのだ。いやいやいや。まさか……そんなことはないだろう。

「人の数だけ物語があっていいよ。カナちゃん存外ロマンチストだねえ。こんなに抱きしめてヨショシしたい子は初めてだよ」

気持ちの悪いことを言ってのけ、ヘルメットをかぶりスクーターに座った。

「またね。〈ひがな〉はお客の年齢層が高いから、平均年齢下げてくれれば嬉《うれ》しいよ」

「日吉と行きます」

うん、と応えて御劔は去って行った。

遠ざかるその背中は、逃げ水と一緒に揺れていた。

七十年前の少女たちの物語は幕を閉じた。だが、人から人へ物語は続く。ふと、奏はこんな場面を想像した。

＊　＊　＊

千代子はお嫁にいく。

女学校を出て、一年で結婚するとは思わなかった。口数は少ないけれど、男らしくて包み込んでくれるような人だ。

身一つとまではいかないけれど、嫁入り道具は控え目にした。

これも置いていこう。大事に飾ってきたものも残していく。ヨーロッパのお姫様が乗る馬車。少女はいつも夢見ていた。

明日《あした》からは地主の娘ではない。一人の男の伴侶《はんりょ》だ。きっといつか母にだってなる。

だからこれはささやかなけじめ。

千代子は最後に蔵に入った。

弟とかくれんぼをしたり、閉じこもって本を読んだり。でも一番の思い出はここで寝起きした日々だった。

不思議な体験をした。ねえやに看病してもらった。

蔵の窓からはもう沼は見えない。秋の五色を映した水面《みなも》は何年も前に消えてしまった。

龍なんていないって聞いた。人工の溜め池だったって。でも、人が作ったものにも神が宿ることがあるなら、あの沼だってそうだ。

あの少女こそ主だったのだと思っている。

あの少女こそ――

思い出はいっぱいある。人はたくさんの思い出を土産に空や土へ還《かえ》るのだ。

沼の周りをねえやと一緒に歩いた。春には山桜が水面を彩り、夏には新緑が秋には紅葉が、冬には雪。沼は四季を映す鏡だった。

ねえやが口ずさむ唄《うた》が好きだった。この窓から一緒に見た沼は輝いていた。三人兄弟の長女だった千代子には姉のような人だった。

暗い時代も少女たちは笑いさざめいていた。

ほんの少し心が弱くなったときもあったかもしれない。手を取り合う未来は失われたかもしれない。だとしても、千代子は忘れない。

「ねえや、いつか会おうね」

窓から空を見上げ呟いた。

第3話
通り道

1

夏休み、学校のプールは無料だ。

ただのものはがんがん使わなければならない。スイミングスクールに通っている子たちは多いが、親に無駄金を使わせるような奴らに負けたくなかった。

たいていの子はチャプチャプ遊んでいるだけだ。留美は本気で泳いでいた。二十五メートルのプールをターンして泳ぐ。これでバタフライができればメドレーだってできるのに。それだけが残念だ。

バタフライが上手《うま》いのは健太《けんた》。あいつに教えてもらおうと思っているのに、最近プールに来ない。お盆を過ぎてプールに来る子供が少なくなってきた。その分泳ぎやすい。多いと低学年の子に気を遣って気合いを入れて泳げないのだ。

(健太の奴)

終了の鐘が鳴った。今日もしっかり泳いだ。途中までは当番の保護者が送ってくれるので、ぞろぞろと並んで帰る。

「最近、変質者が出るらしいので、みんな気をつけて帰ってね」

解散場所で当番のお母さんがみんなに注意した。はあい、声が重なる。

そこからは一番の仲良しの美砂《みさ》と一緒にいつもの道を帰る。濡《ぬ》れた髪からはまだ塩素の香りがした。

刈り入れまであと一ヶ月くらいだろうか、緑の稲穂が波のように揺れる。美味《おい》しそうな黄金色になって、留美の腹に入る。気の早い蜻蛉《とんぼ》が緑の海原を飛んでいた。田圃《たんぼ》と畑と山。地方小都市の郊外は留美にとって世界のすべてだ。

でも、どんな田舎にも悪い人はいるらしい。

「ヘンシツシャってなんだろ」

「いきなりチンチン見せる男の人だって」

「見たくない」

「うん。見たくないよね」

少女たちは気が合った。そんなものがいるなら、コテンパンに退治してやりたいと留美は思った。

「この間、遊園地行ってきたの。お化け屋敷にも入ったんだよ」

美砂が言う。遊園地は県外にあるので、子供だけでは行けない。留美も常々行きたいと思っていたが、一人で店を切り盛りする母には言えずにいた。

「お化け屋敷って面白いの？」

「怖いよ。ドキドキする」

いいや、怖い筈《はず》がない。全部作り物なのだから。羨《うらや》ましくなんかない。

「へえ、いいねえ」

羨ましくなくとも場の雰囲気のためにそう言っておいた。昔は遠慮なく何でも言っていたが、留美は空気の読める子供になった。それでも顔に出ないうちに話題をそらしておく。

「プールは今週で終わりだったよね」

「そう。留美、すごいよ。もう百メートル以上泳げるんだもん」

「もっと泳ぎたい」

「クラスでも健太の次に泳げるんだもんね」

「なんで健太は来ないの」

「わかんない。でも、もう来ない子の方が多いから」

他の連中は来なくたっていい。でも、健太は留美が唯一一目置いている子だ。負けん気の強さは留美と双璧《そうへき》だった。

五十メートル走や牛乳の早飲みではなかなか勝てない。腕相撲では勝った。でも、こんな子供じみたことはそろそろどうでもよかった。

とりあえずバタフライだ。バタフライは大人っぽい。

「じゃあね」

「またね」

美砂とも別々の道になった。

ここから家まで、まだ十五分近くかかる。車もろくに通らないようなところだ。変質者も出ないと思う。よくあんなところで母は喫茶店を始めたものだ。駄目大人の耕助に騙《だま》されたのではないだろうか。

そのわりにお客がけっこう集まっているのは、スケベ老人が多いからに違いない。母は胸も大きいし、美人だ。

でも、ヘンシツシャもそのくらいなら可愛いもの。うちに来てコーヒーを注文し、経済を回している。最近、いろんなことに好奇心が湧《わ》いてきた留美の思考はいささか背伸びをしすぎていた。

(働き盛りの大人のくせに、あまり経済を回していない耕助には困ったものよ)

そんなことを心でぼやく。

田圃の脇道を歩き、斜め向こうの林に目をやる。こんもりと木々に囲まれた小さな神社があるのだ。毎年ここに初詣《はつもうで》する。

鳥居から男の子が一人出てきた。留美が目を瞠《みは》る。

「健太っ」

あれこそはバタフライのうまい同級生高木《たかぎ》健太だった。

「げっ、叫ぶなよ」

きかん気な顔をした少年が留美を睨《にら》み付ける。

「なんでプールに来ないの」

「水遊びしてる気分じゃねえよ」

「じゃあ神頼みする気分ってなぁに？」

にんまり笑って、健太の顔を覗《のぞ》き込む。

「おまえに関係ないだろ」

「ここの神社はあたしの庭みたいなもんなんだからね。神様ともツーカーよ」

聞いたこともない単語が出てきて、健太は首を傾げる。ただ言いたいことは前後の文脈で理解したらしい。

「ここは御利益あるのか」

「お願い事がいいことなら叶《かな》えてくれるって」

お母さんの「喫茶店がうまくいきますように」「留美が元気でいい子に育ちますように」もちゃんと願いが叶っている。

健太は押し黙った。困ったような顔をして俯《うつむ》く。

「健太、もしかして悪いことお願いしたの？」

「悪くない。おれには大事なことだ」

鼻息も荒く言い返す。どうやらムキにならなければいけないことらしい。

「人を呪うようなことお願いしたら罰当たるんだよ？」

健太の顔色が変わった。留美の追及は止まらない。

「ここはね、お稲荷《いなり》さんなの。お稲荷さんはね、すごく厳しいから、ただでは願いを叶えてくれないの。商売の神様だから代金とるの。ひどい願い事したら大きな罰になって返ってくるんだからね」

大真面目に怪しい蘊蓄《うんちく》を語る留美に、健太はまんまと陥落した。

「……罰」

「何お願いしたのさ」

「あいつを殺してくれって……」

留美は目を丸くした。

「ええっ、あいつって誰。神様にお願いしていいことと悪いことがあるんだよ。人を呪わば穴二つっていうやつ」

留美はがしっと健太の手首を摑《つか》むと、鳥居の中に入っていく。

「さっ取り消すの。今ならまだ大丈夫」

「……大丈夫かな」

「あたしが頼めば大丈夫なの。いいから急いで」

健太を賽銭箱《さいせん》の前に立たせ、鈴を鳴らし、二礼二拍一礼の手順を教える。

「さっきはこの馬鹿がとんでもないお願い事をしてしまいました。あたしからもお詫《わ》び申し上げます。どうか、聞かなかったことにしてください」

手を合わせ留美は声に出した。

「なんだよ、それ」

「いいから謝る！」

「あ……すみません。神様に頼む事じゃありませんでした。聞かなかったことにしてください。おれはただ……家族がバラバラになるのがいやなんです。お願いだから、なんとかしてください」

釣られて健太も声に出していた。途中から泣きそうな声になっていた。


幼稚園の頃、留美もこの神社に悪いことをお願いした。

えこひいきする幼稚園の先生が嫌いだったからだ。その頃から生意気だったから留美は先生によく思われていなかった。

先生に罰を当ててください、そうお願いした。それを御劔に言うと、珍しく叱られた。

『先生を蹴飛《けと》ばしてもいいけど、神様にお願いしたら駄目。人を呪わば穴二つ。大事な留美にまで罰が当たったら僕がいやだ』

一緒に神社に取り消しに行った。代わりに幼稚園ライフが楽しくなりますように、とお願いしておいた。

……あの頃はまだ御劔耕助をお父さんと呼んでいた。

誰もいない神社の森は道路より少し涼しくて、とても静かだった。ここでじっくりと悩める同級生の相談にのることにする。

「母さんは……父さんと結婚する前に一度別の男と結婚してたんだ」

健太はぽつりと語り始めた。

「うちの親も別れたみたいよ。父親がクズだったんだ。で、それがどうしたの」

「おまえんとこは知ってるよ。あ、おれは父さんの子だからな。その前の結婚相手とは関係ない」

そこんとこ間違えるなよ、と付け加えた。神社の裏の森で二人の小学生がひそひそとディープな家庭の事情を語り合う。沙弥子が聞いたら頭を抱えていただろう。

「前の夫ってのとは母さんももう全然会うことはなかったんだ。ところがこないだ突然そいつがやってきて、金くれとか騒ぎ出して……。んでもう家の中ぐちゃぐちゃなんだ。母さんは父さんに申し訳ないって離婚してくれって泣くわでさ。なんであんな奴のために……死ねばいいのにって思った」

留美は本当の父親を知らない。母はあまり語らないが、留美がお腹の中に入っていたとき、父親は会社のお金と家の全財産を持って蒸発したらしいのだ。このため母は一度は死ぬことを考えたという。留美が無事に生まれることができたのは、助けてくれたヒーローがいたからだ。

もし親父が現れたら、留美は迷わずドロップキックをお見舞いするだろう。親父じゃなくても健太が呪い殺したくなる気持ちもよくわかる。

「ひどいね、許せない」

「だよな。おれもなんとかしたくて、そいつをぶっ殺す方法とか考えていたんだ。知ってるか、Dの女って話」

健太は声を潜めたが、その顔には興奮が滲《にじ》んでいた。

「なにそれ」

「従兄弟《いとこ》の兄ちゃんから聞いた。仕返ししてくれるんだってさ。でも、警察に捕まるようなことするんじゃないんだ。だって、Dの女は怖い幽霊をそいつに取り憑《つ》かせて復讐《ふくしゅう》するんだから」

どうやら噂の類《たぐ》いらしい。

「それ女の人なの?」

「うん。普通にしてると美人なんだってさ。でも、呪いの仕事のときは目が光って、口から牙《きば》が出て、凄《すご》い甲高い声で笑うんだってさ」

「なんか物凄《ものすご》く嘘くさいんだけど」

「おい、おまえこそ罰当たるぞ。Dの女は怖いんだ。幽霊が取り憑くと、何にもしたくなくなってご飯も食べなくなって死んだり、すごく死にたくなって死んだり、幽霊が見えるようになって怖くてノイローゼで死んだりするんだぞ。だからおれ、Dの女を捜そうとしたんだけど、やっぱ見つかるわけなくてさ。それで代わりに神社に来たんだ」

よくわからないが、何があろうと呪われた人は死ぬらしい。すごい殺し屋だ。

「なんで神様と魔女みたいなの一緒にしてんの。健太、しっかりしなよ。そんなのいるわけない。口裂け女みたいなもんでしょ」

健太にはその口裂け女とやらがなんだかわからなかったようだ。昭和オタクの御劔に育てられたせいか、留美の言うことはいちいちレトロだった。

「でも、罪にならずに仕返しできたら最高だろ。だっておれが捕まったらやっぱりうちはバラバラなんだから。それじゃ意味ねえ。妹も犬もいるし、おれがこの家守らなきゃ」

なかなか男気のあることを言う。ちょっと健太を見直した。

「取り憑かせるってことは、まず幽霊を捕まえなきゃならないんだよね。どうやって捕まえるんだろ。こないだ心霊スポットから逃げてきた馬鹿みたいな連中の話なら聞いたけど。捕まえるなんて無理だよ」

母親は変なとこ行くんじゃないわよ、という戒めを込めて大笑いしながらこの話を教えてくれた。耕助の運転で逃げるなんて、怖いに決まってる。

「心霊スポット？　それ、どこだよ」

「そこまで聞いてないよ。まさか行くつもりなの」

「だってそこなら幽霊が手に入るんだろ。んっと、なんか入れ物がいるよな。しっかり蓋《ふた》ができる壺《つぼ》かなにかあればいいかな」

「そんな簡単なもん？　健太、変なこと考えるのやめなよ」

「手伝ってくれるなら、バタフライ教えてもいいぞ」

バタフライ！

それは今の留美にはかなり魅力的な申し出だった。

2

「ありがとうございます。御劔さんのおかげで本当におじいちゃん、元気になって」

真希は赤ん坊を奏に預け、何度も礼を言った。

御劔を見つめる瞳《ひとみ》は少し熱い。それもその筈《はず》、姉は奏の横で紙ナプキンに御劔を描いていた。

「それは良かった。カナちゃんのお姉さんも描く人だったんですねえ」

「いえ〜、たまに漫画を趣味で描くだけです。下手なんですけど、すみません、勝手にモデルにしちゃって」

〈ひがな〉で向かい合って世間話をしていた筈がこんなことになっていた。絵心をそそる着流しの昭和男に真希の情熱が抑えられなくなったのだ。

「モデルになるのは大学以来なんで緊張しますね。紙ナプキンでいいんですか」

「はい。これから家に帰るんで。でも、いいですね、大人の男性。奏じゃピチピチしすぎで、くたびれている感じが足りなくて」

けっこう失礼なことを言っているが、本人は褒めているつもりなので気付いていない。隣で奏がハラハラしていた。

元気になった祖父の姿に、家族一同喜んだ。普通なら定職のない怪しい人として息子との交流に難色をしめしかねない人物だが、母も御劔のことは仙人かなにかだと思っているようだ。

祖父が元気になったお礼を言いにと、真希は奏と息子を愛用の軽自動車に乗せ、〈ひがな〉までやってきたのだ。しかし、どうやら真の目的は違っていたらしい。

「かといって、主人じゃ駄目なんですよ。ぽっちゃり系だから。浴衣《ゆかた》着せたって筋も鎖骨も見えませんもん。ああん、もう着物着てるなんて、ほんと素敵」

真希は一人で盛り上がっていた。御劔からはバッグが邪魔になって見えないだろうが、真希が力を入れて描いていたのは首筋から襟元にかけての部分だった。妄想も入っているらしく、紙ナプキンの御劔は襟ぐりが大きく開いている。

(何か良からぬことに使うつもりなのでは……)

姉は高校の頃同人誌を作っていたので、奏としても気になる。

「こんな鎖骨良ければいくらでも。でもカナちゃんは僕のモデルになってくれないんですよ」

「すみません。あとでよく言い聞かせておきます。こんなんでよければヌードでもなんでもいくらでも」

奏は青ざめた。冗談ではない。

「そう言ってもらえると助かります。あ、絵を見せてください」

「えっ、いえ、そんなプロの方にはとてもとても——あ、わたし帰りますね。お盆に実家でのんびりしすぎちゃって」

真希は急いで立ち上がった。もちろん紙ナプキンは御劔に見せない。とりあえず見せられないものだという自覚はあるらしい。

奏の腕の中で大人しく眠っていてくれた息子を受け取り、急いで店から出て行こうとする。やはり悪巧みをしていたのかもしれない。

「奏、大輔を車に乗せるの、手伝って。それから、逆方向だから送らないわよ。勝手に帰ってね」

自分が御劔に礼を言いたいと奏を巻き込んでおいて、家に送り届ける気はないらしい。自転車ではないので、徒歩かバスで戻るしかない。

「なんだよ、送っていけよ」

「大丈夫よ、あんたは筋肉バカでしょ。走って帰ればいいの。それより荷物持って」

身内にまで筋肉バカ呼ばわりされるとは思わなかった。もういいから、とっとと帰ってほしい。

大輔を後部座席のチャイルドシートに乗せる。御劔に見送られ、真希は機嫌も良さそうに帰っていった。

「楽しいお姉さんだねえ」

「……楽しくないです」

真希が〈萌《も》え〉において、年上好みだったのは、奏にとって幸いだった。

「お土産、美味《おい》しそうだ。写生でもしながらいただこうかな」

「付き合います」

「ちょっと待ってて。ばっけも連れてくるよ」

御劔はときどき亀を外に出してやるらしい。

盆も過ぎ、空に秋の色が見えてきた。姉の毒気に当てられたあとは、まったりするに限る。

用水路がちょろちょろと水音をたてる。田圃《たんぼ》の畦道《あぜみち》に座り、青々とした稲が揺れるのを眺めていた。

「御劔さんといると地元の再発見ができそうです」

「そりゃあ良かった」

絵を描く御劔の隣で奏は亀のような気分になっていた。御劔のようなこんな人生も楽しいかも……そんなことを思う。

青空の下、御劔と亀と一緒に田圃を眺める。これだけで時間の流れ方がもう違う。

『こんなのとつるんでいたら駄目大人が感染《うつ》るんだからね』

これでは留美のきつい教訓もあながち言い過ぎとばかりはいえない。

「豆大福、ありがとね。留美、和菓子も好きなんだよ」

出雲屋の紙袋に豆大福が十個ほど入っていた。

「姉貴じゃなくて、じいちゃんからのお礼です。今朝はおれの稽古《けいこ》を見に来ました」

「カナちゃんのうちはいい。こう、いい感じに理想的な家族に見える」

「どこが。夫婦喧嘩《げんか》もするし姉貴はオタクだし。じいちゃんが頑固過ぎて、たまに母がイライラしてましたよ」

奏にピアノを習わせたかったのに、お義父《とう》さんの武道にとられたと、母はブツブツ言っていた。もちろん、選んだのは奏なのだが。

「そういう適度な緩さもいいんだよ」

今の御劔には身内がいないらしい。

用水路で蛙が跳ねた。こうして御劔と一緒にいると時間は本当にゆっくり流れる。

が、そのまったりした時間を打ち破るように向こうから留美が駆けてきた。

「耕助ぇぇぇぇ、あ、カナちゃんも」

小学生にまでカナちゃんと呼ばれたくないが、御劔に対する耕助呼びすら改めない留美を説得するのは不可能だろう。

「もぉう、こんなところで耕助とのんびりしてると年寄りになっちゃうよ。耕助はね、別の時空を生きてるんだから」

相変わらずぶっ飛んだことを言う。こんなことを言われても、御劔には目に入れても痛くない存在らしい。

「それにね、あんまり仲良くしてると怪しまれるよ」

「怪しまれるって……？」

奏は思わず問い返した。

「できてるって」

奏はぷっと噴き出した。

「お母さんみたいないい女にも目もくれないとこみると、あの地底人はあっちの人かもしれねえなって山田さん言ってた。あっちの人って、ゲイのことだよね」

客の山田もどうかと思うが、怖ろしい小学生だ。

「ん〜、たぶんゲイじゃないと思うよ。ほらほら、カナちゃんのおじいちゃんがくれたんだ。豆大福いただきなさい」

あやふやな否定をして、御劔は留美に豆大福を差し出した。

「ありがとう、水泳してきたからお腹減ってる」

いただきます、と豆大福を口に頬張った。左右の耳の下で結んだ髪が濡《ぬ》れて固まっている。

「プールによく行くねえ」

「だってタダだもん」

豆大福を味わってから、思い出したように奏の袖《そで》を摑《つか》んだ。

「ねえ、カナちゃんがおしっこちびって逃げ出した心霊スポットってどこ？」

さすがに一発張り倒してやりたくなったが、ここは奏も堪《こら》える。留美なら人をむかつかせることにおいて、姉と張り合えるのではないか。

「ちびってない、教えない」

「どこかの廃墟《はいきょ》なんだよね。んで、耕助がスクーターで行けるくらいのとこ。山のトンネルの向こうにあるアレとか？」

奏が言葉につまった。それだけで、留美は正解を確信したようだ。

「……カナちゃん」

顔が正直すぎるよ、と御劔も言いたかったに違いない。

「よおし、これでバタフライはばっちり。じゃあね、カナちゃん。耕助、こんな亀なんかと散歩してる暇があるなら、うちの屋根直してよ」

留美は豆大福を二個だけ御劔に渡し、残りが入った袋を持った。家に向かって駆け出し、あっという間に見えなくなった。

御劔に〈こんな亀〉を押しつけたのが自分であることなど、おそらく留美は忘れている。

「御劔さん、むっちゃあの子に甘いですよね」

「面目ない。しかし、心霊スポットの場所を聞いたということは目的は一つだろうねぇ。あとで沙弥子さんに注意してもらわないと」

心霊スポットなどに興味を持つような子には見えなかったので、これは奏にとっても意外だった。

「御劔さん、いっそのこと沙弥子さんと結婚すればいいんじゃないですか。御劔さんは初婚で年下だけど、そういうこと気にする人でもないですよね。そうすれば留美ちゃんも堂々とお父さんって呼べて、御劔さんも親として叱ることができるのに」

余計なお世話だろうと思ったが、つい口に出た。当人たちにとってはどうか知らないが、留美にとってはそれが一番の筈《はず》だ。

「……留美も知らないことだけど、沙弥子さんと夫婦だった」

「ええっ」

「二ヶ月だけね。あっちの籍に入って井上《いのうえ》さんになったんだけど、すぐ捨てられたんだ。このとおり甲斐性《かいしょう》ないから」

面目ないというように、御劔は笑った。

「じゃ留美ちゃんは」

「僕の子じゃない。なんというか、生きてればいろいろあるよ。紆余曲折《うよきょくせつ》あって、今の健全な大家と店子《たなこ》なんだ。元鞘《もとさや》は無理だろうねえ」

特殊な関係には見えたが、一山越えた男女だったということだ。

「あっ、言っておくけど、僕は沙弥子さんより少し年上だから。それ絶対沙弥子さんには言わないように。老けて見られたって気にするかもしれない」

「ええっ」

元夫婦という話よりもっと驚いた。三十前かと思っていたら、御劔は三十代半ばだったらしい。

「マジですか。いや、沙弥子さんが老けてんじゃなくて……。やっぱり御劔さん、別の時空を生きてますよ」

エイジングケアにしゃかりきになっている女性ならまだわかるが、御劔は普通の男より何もしていない。

(自分のことオジサン呼ばわりしていたのは、謙遜《けんそん》でもなかったんだ……)

奏は驚嘆の眼差《まなざ》しで若オヤジを見つめる。

「そうかな。地下で暮らすようになってから、時間が止まっているような気はしてたけど」

昭和のガラクタにアンチエイジング作用があったとは——ほんの少し本気で思ってしまう奏だった。


翌日のそろそろ夕方という頃、御劔から携帯に電話がきた。御劔は携帯も家電《いえでん》も持たない人なので、奏も驚いた。

「留美があの廃屋に行ったかもしれない」

不安そうな御劔の声に、奏は問い返す。

「え、ほんとに?」

「はっきりはわからないよ。今日もプールに行くと言って出たらしいんだ。ところが、肝心のプールバッグが部屋にあった。一時頃家を出たのにまだ帰らないのも気になる。留美を信用している沙弥子さんも少し心配になってきたみたいで……学校から変質者出没の連絡もきてたからね」

確かに留美なら変質者に立ち向かっていきそうなところもあるが、元々水着を持っていかなかったのなら、プール帰りにどこかで遊んでいるというわけでもなさそうだ。

留美は親に嘘をつく必要があるところに行ったのだ。

「となるとあそこなのかも……」

前回半狂乱になって逃げ出した場所だ。実際、あそこに何かいたのかどうかは未《いま》だに断定できないが、小学生が興味本位で行くなどとんでもない。

「やっぱりそう思うよね。今、お客がけっこういるんで沙弥子さん店離れられないんだ。代わりに行ってみようかな」

「ちょっと待って。二十分で着きます。一緒にいくから」

二度と行きたくないが、留美にあの場所を特定させてしまった責任がある。奏は大急ぎで自転車に飛び乗ると自己最高速度で〈ひがな〉に向かった。

店の脇で御劔がスクーターと一緒に待っていた。

「早いねえ」

「すみません、おれのせいです。急ぎましょう」

御劔からヘルメットを受け取った。

「カナちゃんのせいじゃないよ。留美には目星がついていたんだ。僕が言うのもなんだけど、そりゃあもう利発な子で——」

「親馬鹿はけっこうなんで、早く出してください」

こうしてスクーターは再びトンネルの向こうの心霊スポットへと向かった。

「クラスの男の子にバタフライ教えてもらうんだって張り切ってたみたいだけど、もしかしたらその子と一緒なのかもしれない」

「あ、昨日そんなこと言ってたな。でもバタフライに釣られる小学生女児ってのも珍しいですね」

「留美は人が好《よ》くて負けず嫌いで運動神経もいいから——」

「はい。急ぎましょう」

とにかく急《せ》かした。いや顔は可愛いけどクソ生意気な子供ですよ、と内心思っていた。

トンネルは相変わらず薄暗く不気味だった。あの廃墟よりこちらの方が嫌なものを感じる。

歩くには遠い場所だ。留美が本当にそこに行ったとすれば、やはり一人ではないだろう。そんなことを考えているうちに例の廃屋に到着した。

玄関は打ち付けられておらず、簡単に開く。未だに管理がなされていないようだ。

「子供の靴あと……二人分だね」

御劔がしゃがんでしげしげと足跡を見つめる。

「やっぱり友達と二人で来たってことでしょうか」

埃《ほこり》っぽい廃屋に人の気配はなかった。まだ日があるので、怖くはない。ここの問題は足を踏み外しそうな安全面だ。

「留美、いるんなら出てきなさい。ここは危ない」

気をつけながら中に入っていく。

一通り探してみたが、留美はもちろん幽霊も見つからなかった。ここに来たのは間違いなさそうだが、戻ったということだろうか。しかし、それならスクーターでここまで来る途中見つけている筈だ。

「カナちゃん、留美の自宅に電話してくれるかな」

番号を聞き、そのとおり携帯から電話してみた。誰も出ない。もう五時だ。これでますます不安が募ってきた。

「……まさか迷子に」

御劔はトンネルを覆う山に目をやった。

「ほとんど一本道です。ここで迷うのは御劔さんくらいなんじゃ」

あの非常時にトンネルを三周したのがわざとでなければ、だが。

「祖父が言っていたんだ。こんなところにトンネル作ったらいかんって。不肖の孫と違ってわりとその手のものを感じる人だったらしい。ここはいろいろと……通り道なんだそうだよ」

奏はあんぐり口をあけた。

「あのとき言わなかったじゃないですか」

「言えばよけい怖がるだろう。知る必要もないことだし」

とはいえ困ったね、と髪を掻《か》き上げる。

「死者の通り道は川のように一方通行。そこに立てば流れに乗ってしまいやすくなる。ましてて幽霊に会いに来たのなら尚更《なおさら》」

日が落ちてきた山道に薄ら寒い風が吹いた。

3

山は日暮れが早い。少し暗くなってきた。

留美が持ってきた時計は五時を回っていた。

「ねえ、帰ろうよ」

夏休み中、門限は五時、と学校が決めている。

「最初からついて来いなんて言ってねえだろ」

幽霊が見つからず、健太は意地になっていた。

「暗くなったら危ないって。お母さん、言ってた。この山、意外に山菜採りとかで遭難する人多いんだって」

「せっかくタクシーに乗ってまで来たんだ。絶対、見つける」

採石場の近くにあった廃墟《はいきょ》とやらはただのボロ小屋だった。幽霊が出そうな雰囲気なんてまったくない。頭の悪い不良が書いた落書きが気持ち悪かったくらいだ。あんなところから必死で逃げ出した奏たちの度胸を疑う。

（武道をやっていると聞いたけど、どうだか）

でもこのままでは帰りが遅いことを心配した親に通報されてしまう。せめて連絡したいが、留美は携帯を持っていない。健太は子供用のものを持っているらしいが、使えばこの冒険は終わると思っているようだ。

「携帯貸すから、おまえは迎えにきてもらえ。おれのことは言うなよ」

そう言って携帯をよこした。ムキにはなっているものの、留美を巻き込みたくないとは思っているようだ。

「……遅くなるけど心配しないで、とだけメールしておく」

健太を一人にしたらどんな無茶をするかわからない。母一人子一人。親に心配をかけない、早く大人になる。そこに成長の重点を置いてきた。幽霊狩りに付き合うなどという子供っぽい行為は自分らしくなかった。

でも、そこを曲げても健太を一人にはできない。

（えっと、メールアドレスは……）

母のメアドは名前を使っただけの簡単なものだ。ちゃんと覚えている。ときどき使わせてもらっているので、健太の子供携帯など楽勝だ。さくさくとメールをして、そのまま携帯をポケットに入れた。返さなかったのは、もしものとき健太の反対を押し切ってでも連絡を入れるためだ。

留美たちはトンネルの近くにいた。

廃屋よりトンネルの方が怖い気がする、というのが二人の一致した意見だったからだ。

「白い影がすっと通るのが見えたんだ」

「あたしも後ろを人が通った気がした」

だからこのあたりなら幽霊を見つけられる。ただやっぱり問題は、どうやって捕まえるのか、ということだ。健太は味海苔《のり》が入っていた透明の入れ物を持ってきていた。

小学生に捕まって海苔のケースに入れられる間抜けな幽霊など想像もつかなかった。

「ねえ、Dの女はどうやって幽霊を捕まえるの？」

「……わかんね」

実体のないものを摑《つか》むのは無理だ。罠《わな》か何かを仕掛けるとしても何を餌にすればいいのか。幽霊が何を好きかなんてわからない。

嫌なおじさんを二度と家族に近づかせないように、という願いを叶《かな》えるために幽霊を捕まえるというのはあまりにも子供っぽい突飛な発想だ。そもそも健太に場所を教えるべきじゃなかったし、最初から止めるべきだった。

でも、誘惑はバタフライだけじゃなかった。美砂のお化け屋敷に負けたくなかったのもあった。なんたって本物に勝るものはない。

（なんだかワクワクしちゃったんだ）

留美にも子供らしい好奇心があったのだ。しっかりしなきゃ、という気持ちとの狭《はざ》間《ま》で最近は苛立《いらだ》っていたかもしれない。

「うわ……！」

健太が叫びかけた。

薄暗い木々の陰を何者かが通り過ぎていく。震えながら海苔のケースを突き出すが、もちろん入ってくれるわけがない。

黄昏《たそがれ》が近づき、何かが通過する気配が増してきた。留美は恐ろしくて、泣きたくなった。ここはもう半分霊界なのではないか。

帰れないかもしれない……そんな気がしてくる。

トンネルの中に子供がいれば、たまに通る車に不審に思われる。だからトンネルの上に登っていった。迷ってはいない筈《はず》だ。だけどこのまま暗くなれば、方向を見失うだろう。

夕日に雲がかかり、更に暗くなった。このまま夜になる。

「もうダメだよ。親に電話して迎えにきてもらうか、タクシー呼ぶかしないと」

健太の携帯を取り出し、留美は母親に連絡しようとした。

「やめろ、返せよ」

「ダメだってば、健太」

携帯の取り合いになった。留美の手から携帯が離れ、斜面の下に転がり落ちていく。生い茂った草木で見えなくなった。

「ちっくしょ」

健太が探しに降りたが見つからない。留美も探すが、黄昏と草が邪魔をする。もう一つ携帯があれば着信させることで探せるだろうが、今はそれも無理だ。こうなると、健太の携帯に電話がかかってくることを期待するくらいしかできることはない。

山を下りれば、携帯から離れる。携帯がないと人も呼べない。かといって夜になるのに山の中にいれば遭難ということになる。子供にもこれが大変な事態であることはわかっていた。

「ごめん……どうしよう」

「おれの方こそごめん。留美、関係ねえのに」

途方に暮れた二人の子供は、その場にしゃがみ込んで鼻を啜《すす》り始めた。

「車で通りがかる人がいるかもしれないから山降りようか？」

「でも、母さんがきっと電話よこすと思う。携帯が鳴ればどこにあるかわかる」

確かに通りがかるかどうかわからない車より、健太を心配する家族の電話の方が確実だ。

「なにやってんだろうな、おれ。馬鹿みたいだ」

健太は手の甲でごしごしと目をこすった。強がっていた分、心細さが押し寄せてきたようだった。

「大丈夫だって。耕助が来てくれるもん。耕助は毎日暇で、でも物凄《ものすご》く頼りになるんだから」

「コースケ？」

「お父さん……って呼んじゃいけないお父さん。ううん、ほんとはうちの大家なんだけど」

ぼろぼろ泣けてきた。

「耕助は命の恩人なんだから、必ずまた助けてくれる」

母がそう言っていた。御劔耕助がいなければわたしたちは死んでいた、と。詳しいことまでは聞いていなかったが、それはつまり命の恩人ってことだ。

耕助をお父さんと呼びたいと言うと、母は困った顔でこう返す。

『ごめんね……わたしたちには重すぎるのよ』

意味がわからない。大人になったらわかるだろうか。

「おまえんちも、複雑だなあ」

「うん。男も女もシンプルが一番だよね」

留美は利いたふうな口で肯《うなず》く。

御劔のことを話しているうちに留美は少し勇気が湧いてきた。母は仕事だが、自由人の御劔には正義の味方をする時間だってあるのだ。

それでも山は一息ごとに暗くなってくる。二人の子供の脇をかつて人だったものが通り過ぎていく。

さすがに健太はもう幽霊を捕まえようとはしていなかった。二人にもわかってきた。ここの幽霊は生者に害を為《な》すものではない。ただ行くべき場所に向かっているだけなのだ。

……利用しようと考えたこと自体、間違っていた。

「来たっ」

携帯の着信音が聞こえ、健太と留美は再び懸命に探した。音のする場所はわかったが、暗くて見えない。早く見つけないと切れてしまう。

「どこだよ、ここらへんの筈なのに」

二人の子供の手足が草や枝で傷を負う。いくつか血が滲《にじ》んでいた。晩夏に生い茂った草丈は膝《ひざ》よりも高かった。

一分ほども鳴っていた着信音が切れたとき、二人の希望が絶望に変わる。健太はその場にへたり込み、暗い空を見上げた。

「もう終わりだ。充電切れたかもしんない」

「絶対に耕助が来てくれる」

「この場所を誰にも言ってないんだぞ」

「耕助なら気付いてるもん」

奏とのやりとりのとき、その場にいたのだ。御剱耕助には霊感はなくとも洞察力がある。

「……なんか疲れた」

健太はゆらりと立ち上がる。一方通行の霊の流れに押されたように見えた。

死者たちの多くはどこか安堵《あんど》した表情をしている。疲れた子供がその安らかさに身を任せたくなってしまうのだ。

一緒に行ければ楽かな――そんな想いが募る。

「健太、ついて行っちゃ駄目」

たまに白い影が二人の体を通過していく。そのとき一瞬感じる。

〈……行かなくちゃ〉

そんな死者の思いに共感してしまう。

「離せ……」

健太の手を摑むが、振り払われた。健太がゆっくりと歩き出す。魂の一部を持って行かれているような顔をしていた。力ずくで止めようにも、留美の心も弱くなっていた。

「どうしよう……どうしよう」

いっそ健太と一緒に死者たちの流れに乗ってしまえばいいのか。そんなことまで思い詰めていたとき、大きな声がした。

「留美、どこにいる」

御劔の声だった。留美は我に返って泣き叫んだ。

「こぉすけぇぇぇぇ、助けてぇっ」

懐中電灯の明かりが見えた。光に向かって大きく手を振る。

「耕助、耕助ぇ、早く、健太が連れていかれちゃう」

懐中電灯が留美を見つけた。

「留美っ」

耕助と奏が駆け寄ってくるのが見えた。留美は感極まって、わっと耕助の胸に抱きついた。耕助も抱きしめて一緒に泣き出す。

「よ……良かった、怪我はない？」

「だいじょぶ……ごめんなさい」

今までこんなに泣いたことはなかった。耕助はやっぱり留美のヒーローだ。

「あ、健太を止めて」

留美が振り返って叫んだ。

数メートル先を少年がふらふら歩いているのを見て、奏が驚く。

「御劔さん、なんか影みたいなのがいます。あの子、一緒に行こうとしてる」

「影響受けるとまずそうだね。カナちゃんは留美を頼む」

御劔が健太のところに駆けつけ、行き先を塞《ふさ》いだ。両腕を摑《つか》み、焦点の定まらない目を見つめた。

「帰るよ、しっかりして」

「おれ……行くんだ」

御劔を振り払おうとするが、さすがに大人の男の手からは逃げられない。

「留美にバタフライを教えてくれるんだよね。男なら約束は守らないと」

健太の目にみるみる正気が戻ってきた。

子供二人をトンネルの脇まで連れてきた。健太と呼ばれた少年は何故か海苔《のり》のケースを持っていた。

(これで何をする気だったんだろう?)

不思議に思ったが、まず奏は〈ひがな〉のピンク電話に連絡した。

「留美ちゃんを見つけました。すみません、車で迎えに来てもらえませんか」

「ほんとに。ありがとう、良かった。美砂ちゃんとか、クラスの仲のいい女の子に電話してたとこなの」

ちょうど客がいなくなったところだったらしく、急いで閉店の札をかけ、車でここに向かうという。

何があってこうなったのか、事情を聞きたかったが、二人の子供は疲れ切っていて質問も酷に思えた。準備の良い御劔が持ってきていた絆創膏《ばんそうこう》をすり切れた手足に貼ってやる。

十分ほどで沙弥子の車が見えた。飛び出してきた沙弥子が娘を抱きしめる。

「ごめん、お母さん……」

「もう何やってるの……無事で良かった」

泣きべその娘を見て、沙弥子はがしがしと頭を撫《な》でた。

「ごめんなさい、おれのせいです」

健太が謝った。

「違うよ。あたしがここの場所教えちゃったから」

かばい合う子供たちの姿に沙弥子はとりあえず叱ることをやめた。

「家に帰りましょう。携帯貸してあげるから健太君は自分で家に電話してね」

子供二人と奏を車に乗せ、家に向かう。車の中で、健太の家に連絡を入れた。向こうの親も心配していたようで、〈ひがな〉まで車で迎えにくるそうだ。

奏は車の中で振り返った。

死者の道を行く白い影の列は思い出しても恐ろしく、夏だというのに体の芯《しん》まで冷えてくる。奏もあのときは夢中だったが、かなり怖いものを見てしまった気がする。後ろからタッタカ追いかけてくる御劔のスクーターに守られているような安心感を覚える。見えない人こそ最強かもしれない。

日も暮れ、すっかり夜になっていた。

留美と健太は肩を落としており、この状態では叱りにくい。ただ何故こんなことをしたのかをぽつぽつと話してくれた。

少年の計画は驚くべきものだった。

「幽霊を捕まえて、それを人に取り憑《つ》かせる？」

奏は目を丸くした。

どうやら味海苔のケースは捕獲した幽霊を閉じ込めておくためのものだったらしい。

子供の発想に驚いた。ただそこに至る理由は理解できる。

「そうなの……そんなことが」

離婚経験のある沙弥子には、健太の家の事情は他人事《ひとごと》ではなかったようだ。

「えらいね、家族を守ろうとしたんだ」

沙弥子は健太に温かいミルクを出してやった。沙弥子に労《ねぎら》われ、我慢していた健太の目から涙が零《こぼ》れた。

「味海苔の入れ物か。子供の発想ってのはすごいねえ」

「おれ、本気だったんだ」

「うん。君の本気はいかしてる。人間、いつこういう気持ちをなくしちゃうんだろうなあ……」

御劔は溜息《ためいき》交じりに呟《つぶや》いていた。

店で子供たちを休ませていると、まもなく健太の両親が迎えにきた。あと少しで警察に捜索願を出すところだったらしい。息子を怒鳴りつけた父親を沙弥子が止めた。

「健太君は子供なりに必死で家を守ろうとしたんです。そこまで思い詰めたんですよ。誰よりも家族を守らなければならないのはお父さんじゃないんですか。何やってるんですか」

まだ事情がわかっていなかった父親は面食らっていた。

「いい息子さんですね。今度はお父さんがいいところを見せましょうよ」

御劔にも諭され、健太の父親は家でゆっくり話を聞くことを約束して、息子を連れて帰った。

「本当にありがとうね、カナちゃん。耕助も」

沙弥子は奏に感謝して十枚綴《つづ》りのコーヒー券をくれた。これでしばらく財布の中身を気にせず店に来ることができそうだ。

「カナちゃん、耕助。ごめん……」

留美は目を拭《ぬぐ》った。留美の涙にまた御劔が目を潤ませていた。

「今日はもう休ませるわ」

沙弥子もぐったりした娘を連れ、店を出た。

こうして二度目の心霊スポット騒動が終わった。

「留美の泣き顔なんて久しぶりに見たから、もうつられちゃって……いや、みっともないとこ見せたね」

御劔がぶうと鼻をかんだ。

つかみ所のない人だと思っていたが、留美の無事を喜んで泣いていた御劔は娘思いの父親にしか見えなかった。三十路《みそじ》男の涙も意外に可愛い。

「御劔さん、しょっちゅう泣いてるじゃないですか」

「そうだったっけ？　カナちゃんと出会ってから、喜怒哀楽してる気はしてたけど、しょっちゅうってほどでも」

「充分、しょっちゅうです」

二人して少し笑った。

静かになった店の中でカウンター席に座ったまま、御劔が呟いた。

「あの廃墟《はいきょ》も通り道に面しているなら、迷い込んだ死者もいたかもしれない。なら、案外日吉君のお兄さんには多少霊感はあったのかもしれないね」

「霊道ってやつですか。ほんとにそんなのがあるんだ。御劔さんのおじいさんにも見えたんですか」

そういえば御劔の肉親の話は初めてだった。

「あんまり話す人じゃなかったから、詳しいことはわからないな。カナちゃんにも見えたんだよね」

「はい。白い影みたいなのが少し。同じ方向に進んでいくのが」

あれは人の名残なのか。黄昏《たそがれ》の山は黄泉《よみ》の世界につながっていたのか。

「留美ちゃんが幽霊狩りに付き合ってなかったら、あの子、健太君は連れて行かれていたのかもしれません。でも、捕獲されて海苔のケースに入った霊ってのも見たかったかな」

想像すると、それはそれでちょっと笑えた。

「Dの女か……」

「よくある都市伝説じゃないですか」

健太が語った話の中に出てきたことだった。捕獲した悪霊を人に取り憑かせるという、法に触れない復讐《ふくしゅう》請負人。そんなものがいたなら、たぶん詐欺師だ。

「その手のものには、想像力が大本になっているものと事実が大本になっているものがある。Dってなんだろう」

「イニシャルか、胸の大きさか、クラスがD組とか」

胸の大きさはさすがにないだろう。頭文字がDになる姓は多くない。日本女性の名では聞かない。D組なら中高生になってしまう。自分で言っておいて、いずれも可能性は低そうに思えた。

「ああ……なるほど。Dか……」

何故か御劔は感心していた。例にあげた三つのうち何が彼を納得させたのか、気になった。

「疲れたねえ。今日はありがとう。カナちゃんも疲れたろ。うちに泊まる？」

「え、地下ですか」

「うん。客用の布団ないから一緒にベッドに寝てもらうけど」

「……帰ります」

若さと体力は売るほどある。御劔に別れを告げ、自転車に乗った。

この夜は葬列を夢に見た。白い影が連なる、本来弔われる側の列だった。


健太の父親は、妻につきまとっていた前夫を激しく怒鳴りつけて追い返したらしい。トラブルを嫌った父親は、相手にしなければ男も諦《あきら》めるだろうと思っていたようだが、健太のことで、時にはしっかり戦わなければならないということに気付いたらしい。

「世の中には穏やかな態度で接していると、かえって図に乗ってくる人もいる。大人の対応ばかりしていたら駄目なんだろうねえ」

畑の前で停まっていたトラクターをスケッチしながら、御劔はうんうんと肯《うなず》いた。風景のみならず、乗り物でも生き物でもなんでも描く。

この日もまた、奏は御劔と亀と並んで田圃《たんぼ》の畦道《あぜみち》に座っていた。最近は亀が奏に慣れてきたのか、膝《ひざ》の上に乗っていることがある。食べ物から座布団に格上げされたようだ。こうなると可愛い気もしてくるから不思議だ。

「でも、良い方向に行っているみたいで良かった」

子供の同級生の親に厳しいことを言うのは抵抗があっただろうが、沙弥子は怯《ひる》まずびしっと言ってくれた。

「やっぱり沙弥子さんは素敵だよ」

「未練あるんですか」

「うん、すごく」

言い方があまりに軽いので、奏も言葉そのままには信じなかった。元夫婦と言われても、今ひとつぴんとこないのは御劔に普通の家庭生活をおくっているようなイメージがないからだ。

「夏休みが終わる前に留美と近くの遊園地に行くっていうから、そのときは店番になるよ」

「それは留美ちゃん、喜びますね」

「うん、沙弥子さんも働きづめだったからいいことだね。留美はお化け屋敷だけは、嫌だって言ってるみたいだけど」

笑ってしまった。日吉と同じ事を言っている。

「霊道ってのは随分とこちらの生活と交錯しているんですね」

奏は亀の頭を撫《な》でた。考えさせられることは多い。

「ずっと生きてた人なんだから急には変われないだろう。向こうにたどり着くまで共存してるんだと思えばいい」

向こうってどこなんだろう……。

こうしてぼんやり道端に座って山や田畑を眺めていると、どこにも死の影など感じないけれど、それでも世界は生者だけのものではないらしい。

「だからって関わる必要はないよ」

欠伸《あくび》をして、また描く。きっと彼は最も多くこの町の風景を描いた人間だろう。案外それはすごいことなのかもしれない。

おーい、と道の向こうから声がした。留美と健太がやって来た。

「カナちゃんてば、まあた、駄目大人と遊んでる」

健太が驚いて留美を見た。

「え、おまえ、この人のこと、必ず助けに来てくれる、物凄《ものすご》く頼りになる命の恩人だって言ってなかったか」

留美は顔を赤くした。恐ろしく生意気だが、助けにきた御劔に抱きついて泣いていた姿は可愛らしかった。奏も今後は温かく見守る気になれそうだった。

「言ってないもん。気のせい。耕助は昼間っから遊んでいる着物着たプータローなんだから」

どうやら留美の中では、本人のいないところでは褒めるが、本人の目の前では容赦なく叩《たた》くという御劔ルールがあるらしい。そんなに照れくさいのだろうか。

「健太がお礼言いたいって言うから連れてきたの。さっきお母さんにはお礼言えたけど、耕助いなかった。たぶんこのあたりだろうと思ってたら、やっぱり」

なかなか律儀な子のようだ。

「ほら、健太。お礼言うなら早く。日が暮れちゃうよ」

留美は一歩下がった。

「ありがとうございました。ご迷惑おかけしました」

健太が真顔になって、御劔と奏に頭を下げた。

「気にしない気にしない。冒険は子供の特権だからね。携帯は見つかった？」

この間、心霊スポットに冒険しにいった大学生と高校生には随分辛辣《しんらつ》だったのに、子供には優しい。たぶん留美のボーイフレンドだからだろう。

「次の日、父さんが取りに行ってくれました」

「じゃ、留美にバタフライ教えてやってくれるかな」

「もうプール終わったから、来年になるけど、必ず」

健太が力強く約束した。

「体、大丈夫かい」

奏が健太を気遣う。なにしろ、あのときはこの少年はまるで憑依《ひょうい》されているように見えた。

「なんともなかったけど、親にお祓《はら》いに連れていかれました」

笑って、それから少し俯《うつむ》く。

「あのとき向こうに行ってしまいたかった……なんかこう、半分寝てるみたいで、気持ち良かったから」

思い出したのか、健太はふうと息を吐いた。漠然とした感覚だけはまだ覚えているようだった。

だよねえ、と御劔が肯く。

「流れに身を任せるってのは気持ちがいいんだと思うよ。死者は俗世の重荷をおろした人でもあるわけだから」

二人の子供に御劔が言った意味が理解できたかどうかはわからない。

「気持ちよくても行っちゃ駄目なんだからね、健太」

「わかってるって」

「あんなの見たの初めてだった。やっぱり怖いよ。もう絶対に見たくない。さ、最後は神社でお礼言うんでしょ。行こ」

健太の服を引っ張り、数十メートル先にある神社に連れて行く。

「すげー、おれ昼間に着物着て歩いている男の人初めてみた。落語家とか？」

「ううん。紙芝居屋。道楽者」

「ええっ、いるんだ」

「お母さんは耕助のことヨステビトだって言ってる」

「なにそれ。かっけー」

「名前なんか御剱耕助だから」

「まじ？　やべー、勇者と名探偵合体してる感じ。かっけー」

子供たちの無邪気な会話が聞こえて消えた。

あの子たちに噂話の声量を調整するスイッチがついていないのが残念だ。御剱はバツが悪そうに背中を丸めていた。

「……世の中捨ててるわけでもないんだけど」

こんなに真面目に紙芝居に取り組んでいるのにわかってもらえない、とちょっと愚痴を漏らした。

「え、あ、そういや御剱さん、命の恩人だったんですか」

「留美は表現が大袈裟《おおげさ》だから。それもまた可愛いんだ」

嬉《うれ》しそうに言う。親より親馬鹿だ。

「しっかし、子供たちやカナちゃんにも見えたんだよね。黄泉《よみ》へと向かう、死者の列……こんな感じ？」

御剱がざっと幽霊の絵を描いた。また紙芝居の題材にしようと考えているのかもしれない。

「血だらけとかないです。ほんとにぼんやりした白い影に見えました。前に日吉と車の中で見たのは気のせいだったのかもしれないけど、こないだのあれは間違いないんだろうなと思います」

あれは人だった。それぞれの思いだけが靄《もや》のように残っていた。ああいうのを幽霊と呼んではいけないのだろう。

奏は幽霊トンネルの山に目をやった。

「白い影か。叙情的なホラーってのもいいかもしれないなあ」

「これも紙芝居にするんですか」

御劔は首を振った。

「いや……これはやめておくよ。さあて、今日は五時から閉店まで店番なんだ。帰らないと」

「おれ、亀持ちましょうか」

「ありがとう、ぼっけもすっかりカナちゃんに懐いたよ」

懐かれているのかと思うとやっぱり嬉しい。あれほど凶悪に見えた瞳《ひとみ》もとてもつぶらだ。

歩いて五分、〈ひがな〉に戻ってきた。

店には沙弥子の他に常連の山田が一人いた。

「おう地底人。また亀と高校生と散歩か」

「山田さんもいつもお元気ですねえ」

すっかり顔見知りらしく、対応も慣れたものだった。

（御劔さんに妙な疑惑を持っているらしい人だよな……）

一緒にいると、疑惑に巻き込まれるかもしれない、とは思ったが、たぶん冗談だろう。そう思いたい。

だいたい、山田は知らないのだろうが、御劔と沙弥子は元夫婦だ。

「耕助、五時からマスターよろしくね」

沙弥子はカップを拭《ふ》きながら言う。

「なんだ、交代か。そろそろ帰るとすっか」

男に用はない、とばかりに山田は帰っていった。

「準備してくるよ」

地下に降りていく御劔のあとに奏も続く。

灯《あかり》をつけても薄暗い部屋には木製の大きなラジオ、陶器の火鉢、起き上がりこぼしの赤ちゃん人形、古いものがたくさんあった。いつ見ても面白い部屋だった。

その中でも存在感を放っているのが、やはり安楽椅子だった。木製の肘掛《ひじか》けが独特の優雅な曲線を描いている。

ちゃぶ台の上に描きかけの絵があった。この安楽椅子を描いたものだ。その絵の椅子にうっすら人の形が見える。本を読んでいる男性だろうか。

「ばっけ、いつもお肉や魚ってわけにはいかないんだよ。亀餌食べなさい」

水槽を床に置き、亀に語りかける。市販の餌では不満らしい。

奏は壁の絵に目をやる。

他の物は雑に置かれているのに、これだけはきちんと額に飾られている。今まで近づいて見たことがなかったが、紙芝居の風景だったのだ。

自転車の荷台に載せた紙芝居の脇に立つ男。数人の子供。土管の上の駄菓子。その背景には木造の家と電信柱。夕焼けが広がり、黒い電線がこんがらがるように交差していた。

「この絵だけは大事にしてるんですね」

「祖父が飾っていたのをそのままにしてるだけだよ。いい絵だしね」

「御劔さんのおじいさんって、うちのじいちゃんみたいな感じですか」

「もっと無口だったよ。この部屋の一部みたいだった」

この地下室の一部。それは初めて御劔に会ったとき、奏が感じた印象と同じだ。

「おじいさんは霊道が見えていたのに、御劔さんはなにも感じないってことは、こういうのは血筋ってわけでもないのかな」

「どうだろうね。見えない方がいいんだろうけど」

御劔は前掛けを取り出して着物の上にしめた。袖《そで》が邪魔にならないよう紐《ひも》でたすき掛けにする。

「本気で見たいと思ったこともあったんだよ……一度だけ」

どんな幽霊ですか、と訊《き》きそうになってやめた。幽霊は死者なのだ。かつて生きていた人だ。

「帰ります」

「カナちゃんのそういう、訊かないとこ好きだよ」

そう言われて奏は笑って言い返した。

「そのうち訊きます。だっておれ、御劔さんのこともう少し知りたいから」

階段を上り、沙弥子に挨拶《あいさつ》をして店を出た。

壁にかかっていた絵のように空は夕焼けに染まっていた。

第4話
君のための紙芝居

1

夕方になり涼しくなってくると、奏は走り出した。

朝稽古《あさげいこ》と違い、ランニングは毎日やっているわけではないが、無性に走りたくなるときがある。

陸上部から何度も誘われたくらいだ。

しかし、ランニングはあくまで体力作り。奏が一生関わっていきたいのは合気道だった。スポーツというより、〈道〉なのだ。

スイミングスクールの近くを通ったとき重なり合う悲鳴が聞こえた。何かあったのかと裏手を覗《のぞ》き込むと、短パンにTシャツ姿の男が物凄《ものすご》い勢いでこちらに走ってくる。

「公然猥褻《わいせつ》の現行犯です、警察呼んで」

追いかけてきた女が叫ぶ。

このへんで股間《こかん》をさらけ出して少女に見せるという事件が何度かあったと聞いたが、こいつが犯人らしい。奏は男の前に立ち塞《ふさ》がった。

「どけえ」

男は奏を押しのけようとしたが、手首を摑《つか》まれ、後ろにひねり上げられた。

「変態は自己完結すべきだ」

若くはない男を相手に奏は言い切った。

「いてて、離せ」

「離さない。あんたは豚箱で頭冷やせ」

留美が言っていた変質者はこいつだったのではないか。こんな田舎町で複数の公然猥褻犯がいるとは思いたくない。

ワンピースの女が追いついた。

「お手柄よ、ありがとう」

変質者を追いかけてくるような勇ましい女性には見えない。清楚《せいそ》な美人だった。

離せ離せ、と暴れる男に手こずる。警察官が来るまで苦労しそうだった。見たくもないものを見せられた女の子とその母親が携帯で通報していた。

「人に見せるほどたいしたものじゃないでしょ。粗末なものは隠しておきなさい」

楚々とした顔をして女はけっこうきついことを言う。自慢のイチモツを侮辱され、男は尚更《なおさら》暴れた。あまり動かれると怪我をさせてしまう。

「こら、大人しくしろ」

女はバッグから香水の小瓶のようなものを取り出すと、蓋《ふた》を開け、暴れる男の鼻先に突きつけた。

「体力がありすぎるみたいね」

男は途端に静かになった。がくっとうなだれ、ぶつぶつと聞き取れないことを口にし始める。

「それは？」

「ただの香水。鎮静効果があるの」

そんな香水があるのかと驚いた。そのわりには奏はなんの匂いも感じなかった。代わりに胃のあたりに不快感を覚える。

スイミングスクールからコーチらしき男たちが出てくる。辺りは騒然としていた。

「ごめんなさい、あとは任せるわね」

女は香水の瓶をしまった。警察への事情説明はお任せするということらしい。その場を立ち去った。

（おれも通りがかっただけなんだけど……）

とは思っても、捕まえた以上は警察に引き渡すまで離れるわけにはいかない。

まもなくパトカーが来て、猥褻男はご用となった。

夏休みなのに登校日というものがある。

すべての学校にあるのかどうかは知らないが、奏の高校にはあったのだ。おそらくは日吉のように、髪にメッシュを入れる不届き者がいないようチェックするためだろう。

この年の登校日はかなり遅かった。あと一週間足らずで新学期が始まるのにやる必要があるのか、そのあたりは奏にも疑問だった。

夏休みでだらけきった体には八時半までに登校するのは辛《つら》く、校門の風景はゾンビの行進のようにも見えた。

「みんなたるんでるな」

教室の窓から眺め、奏はぴしっと言った。

「そりゃたるむよ、なんだよ、登校日って。くっそ……」

前日黒く染め直した前髪を引っ張りながら、日吉は吐息を漏らす。

「いいじゃないか、みんなと会えるんだ。おれは五時に起きて、稽古で一汗掻《か》いてきたぞ」

「……マイノリティに限って元気だよな」

皮肉にも力がない。日吉は机に突っ伏す。このまま液体になりそうなくらいだらけきっていた。

「さすが変質者を捕まえる高校生は違うよ。感謝状出るんだって?」

「それはわからない」

昨日のことはけっこう学校内でも知られていた。

「なあ、物理の課題見せてくんない?」

「自分でやらないと人間成長できん」

「おまえ、嫌いだ……」

日吉に嫌われてしまったようだが、奏は心身共に充実していた。今朝は久々に祖父が手合わせしてくれた。

「お兄さんに教えてもらえばいいだろう」

「あのバカ兄貴、早々と東京戻ったよ」

「怪我したのに?」

「ギブスつけたまま帰った。親も止めたんだけど、こんなとこにいたらますます祟《たた》られるって言ってさ」

そんなに恐がりでよく肝試しに行ったものだと思う。

「たりい。十時くらいには帰れるよな」

「そんなもんか。なら、帰りに御劔さんとこ行こうかな」

日吉が顔を上げた。

「あの天パの紙芝居屋？　なんかおまえすっかり懐いてね？」

「助けられただろ。面白いし。変わり者だけどいい人だ」

そんな話をしているうちに、教室は一杯になり、担任も現れた。脂ぎった中年男で、いつも仏頂面だが、今日は心なしか機嫌が良さそうだ。

「おはよう。相変わらずショボいな、おまえら。さ、体育館に移動だ」

校長の長話を聞くために皆でぞろぞろと体育館に向かう。エアコンなどついているわけもなく、風通しも悪い。男子校でも数人倒れる暑さだ。足取りは重い。

「おれが男の汗臭さで倒れたら、おまえお姫様だっこで保健室に運んでくれ」

「引きずる」

日吉の願いを却下し、体育館に並ぶ。男子高校生で鮨詰《すしづ》めだ。

残りの夏休みをいかに有意義に過ごすか、文武両道に励むことの大切さを死んだ目をした少年たちに、校長は切々と語る。

そろそろ一人くらい倒れるかと思われたそのとき、舞台の袖《そで》から光り輝く若い女が現れた。

「紹介しましょう。宮本《みやもと》先生が産休に入られましたので、代わりに教鞭《きょうべん》をとっていただく大野百合《おおのゆり》先生です」

「数学の大野です。宜《よろ》しくお願いいたします」

白いブラウスに膝《ひざ》を隠すプリーツスカート。肩まである黒い髪が、お辞儀と共に揺れる。

経験値の足りない少年たちが、漠然と清楚で美しい大人の女をイメージしたなら、こうなるというような女性だった。声にはなっていなかったが、奏には生徒たちのどよめきが聞こえたような気がした。

単に太っているだけだと思われていた唯一の女教師が産休というのも驚きだが、この美人教師の登場は生徒たちの目を生き返らせるには充分だった。

(あの人……)

みんなとは違う意味で奏も驚く。昨日、一緒に猥褻男を捕まえた女だった。

ずずーっとアイスコーヒーをすする。

カウンターに御劔と隣り合って座り、奏は一息ついた。

「ふうん。そんなに綺麗《きれい》な先生だったんだ」

「ああいうの掃きだめに鶴っていうんだっけ。なにしろ男子校なもんで、体育館から出たあと祭りになりました」

壇上に立った大野百合は緊張した様子もなく生徒たちに女神のごとく微笑んでいた。

隣にいた校長の方が上がっていたくらいだった。

「日吉なんて勉強教えてもらうって残ってました。あんなにだるい帰りたいって言ってたくせに、すごい変わり身の早さだったなあ」

「いいねえ、少年だねえ。青春だねえ」

御劔にかかると高校生の生態はたいていい可愛いらしい。どんなたわいもない話も嬉《うれ》しそうに聞いていた。

「で、奏君は残らないで、真っ直ぐここに来たわけね」

皿を拭《ふ》いていた沙弥子が話に加わる。

「先生ならこの先毎日のように会えるじゃないですか。日吉たちのあの熱意がわからない」

「わたしには耕助に会いに来る熱意の方がわかんないわよ」

「えっと……ここのコーヒー美味《おい》しいから」

「たいしたことはないわよ、普通」

沙弥子はあっさりと賛辞を否定した。

「耕助、仲良くしてもらうのはいいけど、青少年に道を踏み外させないでね。奏君は変質者捕まえるほどの将来有望な若者よ」

「だねえ、いつにも増してカナちゃんが眩《まぶ》しいよ」

「発光してません」

そんな話をしながら、アイスコーヒー一杯で一時間以上も店にいた。先日貰《もら》ったコーヒー券を使わせてもらっている。そろそろ帰ろうかと思ったとき、カランと扉が開く音がした。

「いらっしゃいませ」

沙弥子の声に迎えられ、入って来たのはついさっき学校で見た女だった。

「……先生」

奏は目を見開いた。喫茶店への入店を禁ずなどという校則はないが、こんなところで教師に会えば一瞬緊張が走る。

「あら、昨日の……。そう、うちの学校の生徒さんだったのね」

大野百合は微笑んだ。

「二年三組、木崎奏です」

「木崎君ね。昨日はありがとう。でも、ごめんね、先生に入ってこられたら落ち着かないわよね」

「大丈夫です」

「なら、一人で食べるのも淋《さび》しいから、カウンターに座らせて」

カウンターは椅子が三脚しかない。空いているのは御劔の隣だった。そこに座り、大野百合はメニューを見る。

「サンドイッチとコーヒー、ホットでお願いします」

注文してから、百合は御劔に目をやった。

「もしかして着流しの紙芝居屋さんですか」

「はい。いつのまにかそんなに有名になりましたか」

「生徒がいろいろ教えてくれたんです。町内納涼祭で物凄《ものすご》く怖い紙芝居してたって」

日吉だ。あいつ、何をべらべら御劔のことまで初対面の先生に話しているのか。勉強を教えてもらったのではなかったのか。

「このお店にいる人だって聞いて、紙芝居屋さんてどんな人かなって好奇心が出てしまいました。ちょうどお腹もすいたので」

「それはそれは。こちらも今日男子校を騒然とさせた美しい教師が赴任してきたと聞いて、好奇心が湧いていたところです」

芝居がかった話し方に百合はくすくすと笑った。

「他の先生に、うちは保護者代わりのおばあさんが学校に来ても話題になるほど女性慣れしていない子たちばかりで、って言われました」

いや、そこまでひどくは……ないと思いたい。

「そんな無垢《むく》な子たちばかりなら、勤めてみたいですね。あ、美術の教職は持っているんです」

いつもより会話に気合いが入っているのは、若くて綺麗な女性だからだろうか。沙弥子も若干冷めた目で御劔を見ていた。百合の前にコーヒーとサンドイッチをそっと置く。

「じゃあ紙芝居もご自分で？」

「描きます」

「そうなんですか。あ、わたし大野百合と申します。お名前をお聞きしてもよろしいですか」

「……御劔耕助です」

少し間があった。そのわりに見つめ合っている。御劔がもう少しまともな男なら、これが恋の始まりかと奏も思ったかもしれない。

「御中の御と剣の旧字みたいな字ですか」

「よくおわかりですね」

「同じ名字の方を知っています。随分昔ですが。御劔さんに懐かしさのようなものを感じたのは、お着物で紙芝居屋さんだからというだけではないのかもしれませんね」

食事を済ませ、百合は立ち上がった。

「ごちそうさまでした。昨日引っ越してきたばかりなんです。これから荷物を片付けないと」

「日吉なら押しかけてでも手伝いにいきますよ」

百合は笑った。

「うーん、ダメじゃないかな、それは。いろいろ問題になりそうだもの」

沙弥子に目をやり、ごちそうさまでした、と軽く礼をした。

「このお店は良い位置にありますね」

「あら、そんなこと言われたの初めて。なんでこんな郊外にって訊《き》かれます。先生は風水に詳しいんですか」

百合は首を横に振った。

「いえ、風水とは違います。じゃあね、これからよろしく、木崎君」

「あ、はいっこちらこそ」

奏はびしっと立つと、直角に頭を下げた。その見事な礼に百合は驚いたようだ。

「すごい、軍人さんみたいね。御劔さん、ではまた」

「はい、また」

支払いを済ませ出て行く美人教師を見送り、沙弥子はくるりと振り返った。

「へえ。また会うんだ」

「普通、嫌ですとは言わないよ」

「初対面なのに懐かしい人だったみたいねえ」

冷やかされてもにやにやする様子もない。御劔は考え込んでいた。

「どこかで会っているのかもしれない……だとしたら、いつ、どこでかな」

御劔は席を立った。

「カナちゃん、帰るんだろ。そこまで一緒に行こうか」

スケッチブックを持つ。どうやら沙弥子の追及を逃れたいようだ。奏は御劔と一緒に店を出た。


翌日、日吉から遊ばないかと連絡があった。

市中央部のショッピングセンターで待ち合わせすることになった。このときは不審にも思わなかった。地方の街では大型スーパーやショッピングセンターしか遊ぶところはないからだ。

服も見たいと思っていたのでちょうど良かった。

約束の十分前に待ち合わせの場所に着いた。日吉がもう来ていることに驚く。たいてい少し遅れる奴だ。

食品売り場脇の軽食コーナーで、ちょこんと座っていた日吉はいつもより普通の格好をしていた。

「遅い」

「お前の方が早すぎる。どうした、珍しいな」

日吉の向かい側に座り、友人の様子を窺《うかが》った。

「大野先生がここで食料品とか買い物してるって情報が入ったんだ。この近くに住んでいるんだ、きっと」

「……ストーカーって言われるぞ」

こんなことに付き合わされたのかと思うと情けなかった。

「偶然会うのはストーカーじゃない。おまえもちゃんと偶然装えよ」

「相手は産休の代行で来た先生だぞ。何ヶ月かしたら帰るんだろ。そんなにハマらなくても――」

「短い期間だからこそ燃える恋もある」

「……今度は詩人になったな」

御劔ならこの男子高校生の情熱を可愛いと思うのだろうが、奏にすればひたすら引くだけだ。

「夏休みのうちにライバルに差をつけておけって校長も言ってたろ」

「それは勉強のことだったと思うが」

なんだか馬鹿な会話をしている。仮に大野百合がいても混み合う店舗で見つけられるとは思えない。

「おまえ、なんで先生相手に御劔さんの話題なんか出したんだ」

「この町初めてだっていうからさ。いろいろ教えたいだろ。ユリちゃんに何か面白いものあるかって訊かれたし」

ユリちゃん……とりあえずそちらは突っ込まないでおく。

「古風な感じだから、古いものが好きなのかもしれないよな。そんなところもまたいいよなあ」

日吉はうっとりと言う。

「古風かな。わざわざ〈ひがな〉まで会いに来たんだから、かなり積極的だと思う」

それに変質者を全力で追いかけていたのだ。

「えっ、ユリちゃんが御劔さんとこ行ったのか」

「食事がてらだと思うけど、会ってみたかったって店に来た。けっこう話が弾んでいたな」

うわあ、と日吉は頭を抱えた。

「くっそ、あのムッツリスケベの天パ」

「変態だが、スケベではないぞ」

もちろん御劔に対する擁護のつもりだった。

「同じゃねえのかよ——あ、ユリちゃん」

日吉が跳ねるように立ち上がった。

少年のささやかな願いが天に通じたか、確かに大野百合はレジに並んでいた。

二人の少年に気付くと、柔らかな微笑みを投げかけてくれた。日吉にとっては悩殺パンチだったようだ。

会計が終わるのを待って、日吉は百合の荷物持ちを買って出る。

「え、この近くなんですか。会えてラッキー」

白々しくはしゃぐ日吉の後ろを歩く。プライベートな時間に教師に会いたいとは思わない。それは教師も同じだろう。男子校の美人教師も大変だ。

「片付けも終わってやっと少し慣れてきたとこよ。でも、アパートの隣の部屋が曰《いわ》く付きみたいで、すぐに人が入れ替わるらしいの。それがちょっと怖いわね」

「え、出るんですか」

百合は首を傾げる。

「よくわからないわ。とりあえずわたしの部屋には影響ないみたいだけど」

「それって事故物件ってやつじゃ」

「え、そうなの。やだ、もう怖くなるからやめて」

「でも先生が心配ですよ、その隣って」

不安になったのだろう、百合は片手で顔を押さえた。

「大家さんも困っていて、あの部屋に何事もなく一ヶ月住んでくれたら二十万払うって言っているんだって。とんでもないところに引っ越しちゃったのかな」

「先生の部屋の隣？　おれが住みます！」

百合は首を振った。

「ダメよ、高校生は。もう二人ほどチャレンジャーがいたんだけど、どっちも三日ももたなかったみたいよ。あ、これ内緒ね。営業妨害と思われるもの」

「もちろん、言いません。おれと先生だけの秘密です」

日吉は会話に夢中で奏の存在を忘れているようだった。

「あっ、なあ、御劔さんならどんな幽霊屋敷でも大丈夫なんじゃね？」

やっと友人がいたことを思い出し、日吉は振り返った。

「ん、まあ、たぶん」

「だよな。あの人、不感症だもんな。何がいても全然わかんねえよ」

「あの紙芝居屋さんのこと？　そんなに精神力が強い人なの」

百合の問いに、日吉は力の限り首を横に振った。

「精神力が強いんじゃなくて、鈍感なんです。超鈍感。むかつくほど鈍感。あれは無敵です。大家さんに推薦しとくといいですよ」

さっきまで一方的に恋敵認定していたのに、やたら薦める。

「そうなんだ、そうういう人なのね……」

ふっと笑った女の顔に、奏は今までとは違う印象を持った。

まもなく御劔のところに、幽霊部屋に一ヶ月住むという、臨時の仕事が舞い込んできた。

2

「本当にいいんですか」

奏は心配だった。今までの挑戦者は三日ももたなかったのだ。いくら心霊不感症でも、無事でいられるかどうか。

現に御劔も気は進まなかったようだ。

「うん……来年の納涼祭にも呼んでくれるって言うから」

奇《く》しくもこのアパートの大家は奏の地区の町内会長だった。賞金二十万でもやる気をみせない御劔の前に〈紙芝居〉という人参をぶらさげたのだ。これに乗せられた御劔のいじらしさに、奏もちょっと泣けてきた。

「うちの会長がすみません」

生徒にこういう方を紹介されたんですけど、と大野百合は世間話をするように大家に話したらしい。御劔を知っていた大家はぽんと手を叩《たた》いてこう言ったという。

『あの紙芝居屋か、そりゃあいい。独り者で定職もない男なら、ちょっとくらい取り憑《つ》かれてもたいしたことはなさそうですな』

……そこまで雑に扱わなくても。

奏経由で面倒ごとが舞い込んでいるような気がして申し訳なかった。御劔は引きこもりではないにしろ、出歩くのは写生のときくらいという、立派な出不精だ。

「けっこう新しいし、出るようには見えないねえ」

明るいクリーム色の外観を見上げ、御劔は呑気《のんき》に言った。二階建て全室1DK。問題の部屋は二階だった。

家具などは前の住人のものが残っているので使って良いらしい。御劔はスクーターの後ろに載せられる程度の荷物しか持ってこなかった。

「じゃ、引っ越しといきますか」

御劔は荷物を下ろし、両手で抱えると階段を上っていく。奏も残った荷物を持ち、あとに続いた。

八月の後半だが、余り物の夏が空から降ってきたように暑い。

「会長は事故物件ではないって言ったんだよね」

「一人暮らしの男性が住んでいて、入院中に病院で亡くなったそうです」

「それくらいなら普通にあることだねえ。ならきっと、心霊現象は気のせいだと思うよ。さ、気楽に行こう」

御劔はそう言って、部屋の鍵《かぎ》を開けた。

ドアが開けられた瞬間、奏はぞっとするものを感じた。気のせいなどではなかったと思う。

「あ……あの」

「お、中も綺麗《きれい》だねえ。これなら住みやすそうだ」

やはり御劔は何も感じていない。靴を脱ぎ、部屋の中に入り、まずは大きく窓を開けた。

「やっぱり窓のある部屋はいいな──あれ、どうしたの、カナちゃん」

入ろうとしない奏に気付く。

「なんともないんですか？」

「うん。もしかして何か感じた？」

「窓を開けたら少し良くなった気はしますけど……胸苦しいというか」

「じゃ、空気が滞っていたからだよ。ほらぁ、そこに公園もあって、眺めもいいよ」

そうなのだろうか……奏は恐る恐る部屋に入った。荷物を置き、室内を眺める。天井に不気味な染みもない。壁に人の顔もない。いたって普通の部屋だった。

（ほんとに気のせいだったのかな）

段ボールを開け、中のものを出した。最低限の食器と衣類が入っている。ここでも着物を着るつもりらしく、しっかり入っていた。

「水回りのチェックしとこうか。カナちゃん、風呂《ふろ》頼む」

そう言って御劔は台所の蛇口をひねった。

ここが風呂かと引き戸を開けると洗面所と洗濯機が出てきた。そのとなりに風呂がある。洗面所の蛇口から水を流したまま、風呂の戸を開ける。

長い髪の毛があったらどうしようと不安を感じながら排水口も調べた。そんなものはない。業者が入ったのか掃除は行き届いていた。カランもシャワーも問題はなかった。

気持ちが落ち着いてきていた。部屋には風と日が入り、禍々《まがまが》しいところなど何もない。

「特に問題ないか。食べ物何もないね、そこのコンビニで何か買ってくるよ。留守番頼むね」

「え？　おれ一人で」

さすがにそれは怖かった。

「またまた。子供みたいなこと言って。アイスも買ってきてあげるから。すぐ戻ってくるよ。ちゃぶ台拭《ふ》いておいてくれるかな」

つっかけを履いて御劔は出て行ってしまった。

お盆もとっくに過ぎた明るい夏の日だ。気にすることもないか、と頼まれた仕事をする。

テーブルに布巾《ふきん》を置き、窓硝子《ガラス》が汚れてないかを確かめた。窓から見える空は晴れ渡っている。ブランコに乗る女の子、自転車の練習をしている男の子。楽しげな子供の歓声を聞けば、幽霊とか馬鹿馬鹿しくなってくる。

不安だった奏にも、やっと笑みが漏れた。

そのとき、背後でかたっと音がした。急に背中が寒くなる。奏は一度息を呑んで、後ろを振り返った。

閉まっていた筈《はず》の押し入れの襖《ふすま》が二十センチほど開いていた。下の段に白い靄《もや》のような子供がいた。目だけは穴があいたように真っ黒い。

奏は声もなく、尻餅《しりもち》をついた。

こっちを見ている。目が合っている。なのに体が動かない。

男の子は怒っていた。それだけは強く感じた。この子供にとって招かれざる客であることは間違いない。

唇が開いた。やはり真っ黒い。声にはなっていなかったが、その口の動きはこう言っていた。

〈デテイケ〉

ここはこの子の部屋なのだ。

「ただいま。大野先生とアパートの前で会ってね」

「おじゃまします。木崎君、この部屋どう？」

声と共に御劔と大野百合が入ってきた。途端に金縛りが解け、奏は腰が抜けたまま四つん這《ば》いになって玄関に向かった。

「出た、出たっ」

みっともない話だが、このときもう泣いていたかもしれない。

「え、ここゴキブリ出るんだ」

「幽霊です！」

目を丸くした御劔が部屋を見回した。

「どこ？」

「押し入れです……あれ、閉まってる？」

見れば押し入れの襖は閉じられていた。

「そうか、やっぱりいるのかなあ。あ、先生、こんな部屋ですが、良かったら上がってください」

「じゃあ失礼しますね。あれ、なにか本当にいるような気がします。背中がぞくっとしました」

「いるんです、先生。入らない方がいいです」

友人のマドンナを怖い目に遭わせたくない。まして、彼女は隣に住んでいるのだ。

「いるんなら確認したいの。漠然と怖い方がいやだわ」

百合は勇ましかった。さすが変質者を追いかけただけのことはある。

「あの押し入れね」

「子供でした。ランニングシャツの男の子……デティケって」

百合と並び、じっと押し入れを睨《にら》み付けた。さすがに直に開けて確かめる根性はない。そこは百合も同じらしい。

「棒か何かあれば、わたしが」

「この新聞紙を丸めます」

奏は古新聞を巻き、棒状にした。もちろん女性にやらせるわけにはいかない。恐る恐る近づく。

「いいよ、いいよ。僕が開けてみるから」

冷蔵庫に買ってきたものを入れると、どれどれと御劔が押し入れの前に立った。

「押し入れにいるなんて、ドラえもんみたいで可愛いねえ」

よくそんな発想ができるものだと呆《あき》れた。やっぱり不感症は最強だ。

だが、決して霊感があるわけではない奏にも、かなりはっきり見えたのだ。敵は相当な代物とみた。

「ドラちゃん、いるかなぁ」

御劔が押し入れを半分ほど開けた。

奏と百合は同時に目を見開く。御劔の両脚の間に体育座りをした子供の姿が淡く見える。百合にもしっかりと見えたようだ。

「別に何もいないけどなあ」

「下です、下」

「下？」

御劔はそのましゃがむ。

「いないよ？」

「……いますよ、ドラちゃん。御劔さんのすぐ目の前で怖い顔して座ってます」

百合が気丈に説明した。御劔と子供の顔の間隔は十センチほどしかない。それほど接近している。それでも御劔にはまったく見えていないのだ。

「おっかしいな、何にも見えないよ」

幽霊少年は今にも嚙《か》みつきそうな恐ろしい顔をしているというのに、その目の前で三十路《みそじ》の男がきょとんと小首を傾げている。

御劔は手を伸ばし触れて確かめようとした。その途端、子供は消えた。

「消えました……もういません。閉めてください」

顔を両手で隠し、百合はへたり込んだ。奏に至っては壁まで後退して、震えながら両脚を抱え込んでいた。

御劔は言われたとおり、押し入れを閉め、百合の顔を窺《うかが》う。

「大丈夫ですか」

「はい……本当に見えないんですね、御劔さんは」

「カナちゃんと先生が見たんなら、ここは本物みたいですねえ」

他人事《ひとごと》のように言う。

「おれ、一人だったら倒れてます」

顔を引きつらせ、怯《おび》えきった男子高校生をあざ笑うように、窓の外では間抜けな声で鴉《からす》が鳴いていた。自分がこんなにビビリだったとは知らなかった。ちょっと情けなくなる奏だった。

「幽霊は男の子だったんですか」

御劔に訊《き》かれ、百合は肯《うなず》く。

「小学校低学年くらいの子だと思います。ランニングシャツ姿でした。下は長めの半ズボンでしょうか。裸足《はだし》で膝小僧《ひざ》に擦り傷、頭には学生帽みたいなものをかぶっていました」

奏にはそこまで詳細に見えなかった。百合はよりはっきりと心霊現象をとらえていたようだ。

「へえ。まるで半世紀前の子供みたいな格好ですね。よほど長い間、成仏できずにいるのかな」

「でも、会長は築七年のアパートだって言ってました」

奏に言われ、御劔は考え込む。

「先生の部屋には影響ないんですよね？」

「はい、まったく感じません。わたし……わりと見える方だと思います」

大野百合は膝の上の手をきゅっと握った。〈見える方〉であることは彼女にとって嫌なことであるようだった。

「なら、その男の子はこの部屋だけに執着しているわけだ」

百合は不思議そうに首を傾げた。

「前の住人は長く住んでいたみたいですけど、そのときにはなんともなかったってことですよね」

御劔に代わって奏が肯いた。この辺の事情は、大家である町内会長から詳しく聞いてある。

「えっと、会長の話では、新築後最初に住んだのが、病院で亡くなったという男の人。一人でここに六年住んでいたそうです。会長曰《いわ》く、普通の会社員で物静かな男性。仕事中脳内出血で倒れ、病院で三日後に死亡。享年四十四」

奏はメモ帳をめくる。

「幽霊騒動はその後。荷物を片付けにきた故人の身寄りと、掃除に入った業者が視線を感じたと証言。次に入った女性が二週間で幽霊が出ると言って逃げ、さらに次の人が十日で逃げる。やむなく知人に紹介された霊能力者とやらに除霊してもらうが、効果がなかったらしく次も一週間で逃げる。幽霊部屋のイメージが付き、他の住人まで逃げ出す始末。困った会長はついに、何事もなく一ヶ月住み着いてくれたら二十万出すとまで宣言。大学生とニートの二人が挑戦するも、どちらもあえなく三日目には退散。現在に至る、ということです。あ、全員一人暮らしです」

百合は目を丸くした。

「どうりで、ここの両隣と下の部屋が空いていたわけね」

呟《つぶや》いた声は少し恨めしそうだった。地元の人間ではない彼女には忠告してくれる人がいなかったらしい。

「しかし、今の話だとこの部屋に子供が住んでいた期間はなかったことになるねえ。幽霊少年は何故この部屋の居住権を主張するかのように、出て行けというのか」

三人でじっと押し入れを見つめる。まだ中にいるのだろうか。

「幽霊の事情より御劔さんがここで一ヶ月暮らすことの方が心配になってきました。よろしいんですか」

「ホームシックになるかもしれませんが、頑張ります」

案じる百合にとんちんかんなことを答え、御劔は笑っていた。

その夜、奏は祖父の家に行った。

幽霊部屋に住むことになった御劔のことを相談するためだ。

「あの人なら大丈夫だろうよ」

昆布茶を飲み、祖父木崎平治はきっぱりと言った。愛妻を失った悲しみから立ち直り、再び頑固者の武士のような風情を見せていた。

「でも、本当におれにも見えたんだ。すごく怖い顔をしていた……」

二週間、十日、一週間、三日。住人の限界値はどんどん短くなっていく。幽霊も凶悪さを増しているのではないだろうか。

「学生帽にランニングシャツの子供だったか……可哀想にな。どれほど長いこと俗世に縛り付けられておるんだろうか」

「一度は霊能力者が入って除霊したらしいんだけど。目が合ったときは、おれも金縛りになったし、相当手強《てごわ》いんじゃないかな」

「仏さんに除霊なんて言っちゃいかん。供養する気持ちが足らなかったのではないか。松次郎《まつじろう》の知り合いじゃ、ろくなもんじゃない」

松次郎とは会長の名だ。小学中学と同じで、祖父の後輩だったらしい。

「御劔さんだってお坊さんでもなんでもないし、供養っていっても無理だよ。一ヶ月暮らすのはできるかもしれないけど、幽霊がいなくなるわけじゃない。根本的な解決にはならないんだよな」

「僧侶でなくとも仏を悼むくらいできる。人に怖がられてばかりいたら生者だろうが死者だろうが心も荒《すさ》むというものだ」

なにやら深いことを言われ、奏も反省した。今日は思い切り怖がってしまった。

「じゃあじいちゃんがさ」

「私も幽霊は怖い」

祖父はどんなこともきっぱり言う。そのすがすがしさに突っ込むこともできない。

「とにかく御劔さんに任せておけばいい。手伝えることがあれば手伝え」

祖父の御劔に対する評価は高い。留美には駄目大人呼ばわりされ、店の客には昆布男と言われ、ある意味変幻自在だ。

「あの人は大丈夫だ」

祖父はもう一度言う。茶簞笥《ちゃだんす》の上には花とブリキの馬車が飾られていた。

御劔は携帯を持っていないので、連絡をとろうと思ったらアパートの部屋まで行かなければならない。

果たして無事なのか、気になった奏は朝稽古《あさげいこ》を終えるとアパートまで自転車を漕《こ》いだ。つい半月前まで赤の他人だった三十路男をここまで心配する男子高校生は、この世で自分だけかもしれない。

トンネルの山で白い影は見たが、あれほど強烈に幽霊を目にしたのは初めてだった。奏もゆうべはよく眠れなかった。目を閉じれば薄ぼんやりとした子供の姿が浮かび上がってきた。ただ取り憑《つ》かれるんじゃないか、などという不安はなかった。

『デテイケ』

幽霊少年はそう言った。

自分はあの部屋から出て行く気がないから出た言葉だろう。それだけに新しい住人を追い出すことにかけては容赦しないのではないかと思った。

アパートの前に到着したのは朝七時半だった。よくよく考えてみれば、人様のうちを訪ねていい時間ではない。

「……どうしようかな」

でも無事を確かめたい。

ドアの前に立ち、呼び鈴を押したが、音がしない。壊れているのか、もしかしてこれも心霊現象なのか、いきなり不安になった。

ドアノブを回してみると、鍵《かぎ》はかかっていなかった。カチャリとドアが開く。

「御劔さん、いますか」

静かにドアを引き、中に頭を入れた。

1DKの部屋は玄関から六畳の和室が丸見えだった。御劔は布団の上にうつぶせになって倒れていた。寝ているのではなく、倒れていると思い込んだのは浴衣《ゆかた》を着た御劔の背中に、あの幽霊少年が乗っていたからだ。御劔の首を絞めているように見えた。

「御劔さんっ」

怖いなんて言っている場合じゃない。奏は叫ぶや、ドアを開け放ったまま玄関用の箒《ほうき》を手に、中に飛び込んだ。

「御劔さんから離れろ」

思い切り箒を振り回す。その剣幕に少年は少し臆《おく》したような顔をして、再び姿を消した。

「大丈夫ですか、御劔さん」

生死を確認しなくては、とうつぶせの体をゆすった。

「あ……あれ、カナちゃん……おはよ」

「おはようじゃないですよ、体、なんともないですか」

御劔は体を起こして眼鏡をかけると、布団の上にぺたりと座った。寝ぼけていてこの状況がわかっていないようだ。寝起きの髪はいつにもまして波打っている。

「うん……よく寝たよ。いやあ、エアコンっていいねえ」

部屋には備え付けのエアコンがあり、確かにほどよい室温だった。とくに変わった様子のない御劔に安堵《あんど》し、奏はカーテンと窓を開けた。

「あの子が御劔さんの背中に乗って首を絞めてました……何も感じなかったんですか」

「え？　そうだったんだ。いや、別に全然何もわからなかったよ」

首に痕《あと》もなかった。どうやらどんな心霊現象も御劔には通じないらしい。

「外で話しましょう。ここはちょっと」

あんなものを見てしまっては、ここで話す自信はなかった。御劔は何をされても感じないかもしれないが、こっちは常人なのだ。

大急ぎで御劔に身支度をさせ、アパートの外に出た。

ここのアパートはほぼ同じ作りでA棟とB棟がある。そろそろ出勤の時間らしく、向かいのB棟の部屋から背広姿の男性が出てきた。その男は奏たちを見ると、厳しい表情をつくり駆け寄ってきた。

「あんたたち！」

階段を降りたところで呼びかけられた。

「あんたたちかい、お祓《はら》いに来たとかいう奴は」

何か誤解があるようだ。男はあからさまな敵意を見せた。

「大家が呼んだ霊能力者なんだろ。ふざけるなよ、吉田《よしだ》さんを悪霊か何かみたいに言いやがって」

「どちらかというと霊無能力者ですが……。えっと、ここだと周りに声が聞こえてしまいますね。あちらで話を聞かせてもらってよろしいですか」

朝の公園には人がいなかった。ベンチもある。

「いいだろう」

男はふんと鼻を鳴らした。

公園のベンチに男三人が座る。

「朝のお忙しい時間すみません。吉田さんというのは、長くあの部屋に住んでいて亡くなったという方ですか」

「そうだよ。化けて出るような人じゃない。同じ会社だったんだ。いい先輩で、亡くなったことだけでもショックなのに、なんであの部屋が幽霊屋敷みたいに言われてんだよ」

男は悔しそうだった。この言葉は信じていいだろう。

「お祓いなどはできません。あの部屋に何も問題がないことを証明するために、私が一ヶ月泊まることになりました」

「そうなのか」

男の強ばっていた顔に少しだけ期待が滲《にじ》む。

「でも……出たみたいです」

「なんだと」

御劔はいきり立つ男を両手で宥《なだ》めた。

「あなたの先輩ではありません。あの部屋に現れたのは男の子でした。部屋に新しい住人が住み着くのがいやなようですね。心当たりはありませんか」

「子供？　吉田さんはバツイチで、一人いた子供は嫁さんの方に引き取られた。でもその子は娘だ。葬式のときに会っている」

男は立ち上がった。

「おっと……もう行かないと遅刻してしまう」

「あの部屋の現象は吉田さんと関わりがあると思います。もちろん彼に落ち度があるという意味ではありません。これ以上騒ぎにならないためにもなんとかしたい。何か思い出したことがあったら教えてください。私は御劔といいます。当分あの部屋にいますので」

男は胡散《うさん》臭そうに御劔を見ていたが、村井《むらい》だと名乗るとアパートの駐車場に戻り車に乗った。

去って行く車を見送りながら、奏は御劔を見つめた。

「なんとかする気なんですか？」

「幽霊がいなくなれば予定より早く帰ることもできるんじゃないかな。会長も来年だけじゃなく、毎年納涼祭に呼んでくれるかもしれないし」

確か会長の任期は二年だったような気がする。本人のやる気のためにも言わないでおこうと思った。

「って言ってもどうすればいいのかわかんないな。まず話しかけて、天国にいくように説得してみようかなあ」

も凶悪すぎる。

「そんな生ぬるい相手ならいいんだけど」

あの幽霊は御劔の首を絞めていたのだ。恐怖を感じない相手に怒りを覚えたにして

アパートを見上げ、奏は吐息を漏らした。部屋に戻る御劔のあとを恐る恐るついていく。

「そういえばさっき鍵かけてなかったんじゃ」

奏が来たときもかかっていなかったのだ。喫茶店の地下にいるので鍵をかける習慣がないのかもしれない。

「留守番いるからね」

「ちゃっかり家族に加えてどうするんですか」

「家族……そうか家族だったのかもしれないなあ」

何を言っているのか理解できない。御劔はそんなことを呟《つぶや》き、玄関を開けた。

「いるかなあ、ボク」

例によって呑気《のんき》なことを言いながら部屋に入る。

奏は中に入る気になれず、玄関で立っていた。御劔なら首を絞められても平気だろうが、こちらは思い切り苦しむ自信がある。

「おじさんと話し合おう。言いたいことがあったら遠慮なく言ってくれ」

押し入れの前に正座し、話しかける。

「名前はなんていうのかな。僕のことはおじさんでも、耕ちゃんでもいいよ」

それまで見えなかった幽霊が御劔の斜め後方に浮かび上がってきた。今にも呪い殺しそうな様子で御劔の背中を見つめている。もちろん、御劔は気付かず押し入れに向かって話し続けていた。

「君はなんでここにいるのかな。天国にいきそびれちゃったのかなあ」

「……御劔さん、おれ帰ります」

この間抜けで恐ろしい光景を見ているだけで頭がどうにかなりそうだった。恐怖感も麻痺《まひ》してきたが、慣れはしない。

「あ、うん。ありがとうね、気をつけて」

「また来ます」

部屋を出ると思い切り長い息が漏れた。霊のいる空間は温度とはまた別の意味で寒い。健全な夏の暑さにほっとする。

霊と霊無能力者なんて対話になるとも思えなかった。


その夜、日吉から電話がきた。

「まさかあの天パ、おれのユリちゃんに手を出してないよな」

第一声がこれだ。よくもまあ、歳上の女性教師におれのユリちゃんなどと言えるものだと感心する。

「今のところ御剱さんの関心は同居の幽霊にしかない」

「やっぱり出たのか」

「目一杯、出てる。おれなんか、霊に出て行けと言われた」

「うわあ、御剱さんの部屋に遊びに行くふりしてユリちゃんに近づこうと思ったのに、そんなものが出るんじゃいけないじゃないか」

そんな企《たくら》みで御剱を幽霊部屋の挑戦者に推薦したのか。携帯から少年の悲痛な叫びが聞こえてくる。この間の心霊スポットは相当堪《こた》えたらしい。

「おまえ、よく平気だな」

「平気じゃない。毎回気を失いそうだ。でも、御剱さんを放ってはおけない」

「なんで、おっさんを守る騎士になってるんだよ」

「……行きがかり上」

そうとしか答えられなかった。

「くっそお、おれもユリちゃんを守る騎士になりてえ」

「大野先生はけっこう強いぞ」

「そうなのか、せめて可哀想なおれに物理の宿題を見せてくれ」

「自分でやれ」

日吉のわめき声がうるさいので通話を切った。

果たして今夜はどうなるのか。御劔の首を絞めていたくらいだから、少なくとも幽霊は御劔の存在を認識しているのだ。声も届いているとは思うが、霊と交信するには声ではなく、〈想い〉が伝わらなければならないのではないだろうか。御劔には人並み外れてその能力がない。

その無能力が能力みたいなものなのだが。


次の日。夕方になってから奏は幽霊アパートに向かった。

毎日様子を見に行くのもどうかと思い、今日はいかないことにしていたのに、やっぱり気になって体が動いてしまう。

御劔の場合、霊感もないが危機感も生命力もない。知らず知らずのうちに生気を吸い取られていても不思議ではない。

部屋の前まで来て、一度深呼吸をした。ここに入るには覚悟が必要だ。呼び鈴を押す。昨日と違い、今日はちゃんと音がした。

ドアが開いて、御劔が顔を出す。

「カナちゃん、いらっしゃい」

「大丈夫ですか」

中には幽霊の姿は見えなかった。常時出っぱなしというわけではないあたりが、幽霊の幽霊たる所以《ゆえん》か。ほっと胸を撫《な》で下ろす。

「うんまあ……こっちはなんともないんだけど」

なにやら歯切れが悪い。

「何かありましたか」

御劔は和室の壁を指さした。見事に凹《へこ》んでいる。

「朝起きたら、あの通り。下に魔法瓶が落ちていたよ」

ぞっとした。おそらく、すやすや眠る御劔の上を通過してぶつかったのだろう。敵は動じない御劔に苛立《いらだ》ち、かなり攻撃的になっているようだ。

「当たってたら、死んでたんじゃ……」

「というわけなんで、カナちゃんがこの部屋に入るのは危ないかもしれない。また外で話そうか」

二人でアパートの外に出る。御劔は必ずスケッチブックを持つ。

幽霊が物理的攻撃をしかけたとなれば、一ヶ月もここで暮らすのは無理ではないだろうか。

「これじゃいくら二十万もらっても、修繕費で相殺されますよ。幽霊がやったなんて証明できるわけじゃない」

「うーん……それもそうなんだよね」

さすがの御劔もそこらへんは頭の痛い問題であるようだった。一ヶ月たったら部屋の中がぼろぼろという可能性もある。

「飛ばせそうなものは全部片付けた。ちゃぶ台や冷蔵庫が飛んでこないことを祈ってるよ」

「解決まではほど遠い気がします」

「会話もできなかったからねえ。昨日はずっと話しかけていたんだけど」

そもそも語りかける方向が違っていた。

「いっそ夜はうちに戻ったらどうですか」

「昼は出歩いても、毎日必ず泊まるってのが条件だからね」

そんな話をしているうちに、夕焼けは黄昏《たそがれ》にかわりつつある。そろそろ仕事帰りの住人たちが戻ってきたようだ。

軽自動車が一台駐車場に入った。中から大野百合が出てくる。こちらに気付いたようだ。

「お疲れ様です」

御劔が声をかけた。

「どうしたの、幽霊に追い出された？」

「実は……」

奏が昨日今日の話をした。壁一枚隔てた部屋のことだ。百合にも他人事《ひとごと》ではなかっただろう。

「危険ですね。意外に力のある霊みたい。ごめんなさい、わたしが大家さんに話してしまったから」

「いいえ、引き受けたのはこちらですよ」

「まだ続けるんですか」

「そのつもりです」

百合は少し呆《あき》れたようだ。

「話しかけても幽霊に理屈は通じません。憑依霊《ひょうい》でもなければ会話だってできません。性格が悪いから幽霊になるというケースが多いんです。世の中を妬《ねた》んで恨んで、未練がましい、そんな生前の性根が反映される。だから、ろくなもんじゃないんです。奴らは駆除しなければいけません」

奏は女性教師の強い口調に驚く。

「駆除とは面白いこと言いますねえ」

御劔は眼鏡の下の目を細めた。咎《とが》めるような言い方ではなかったが、百合にはもしかしたらそう聞こえたかもしれない。

「話しかけてなんとかなるなんて思うのは、御劔さんのように霊障を受け付けない人の綺麗《きれい》事なんです」

百合は挑むような目で御劔を見上げた。それだけ御劔のことを心配しているのかもしれないが、険悪にならないかと奏は心配になった。日吉が見れば、気の強いユリちゃんもイケてる、と思うのかもしれない。

「先生、でも駆除って言ったって、除霊に入った人も失敗してるんですよ。そう簡単にはいかないと思います」

百合は少し考えてから口を開いた。

「わたしがやりましょうか」

奏は目を丸くする。大野百合は自分ならできると言っているのだ。霊感は強い方らしいが、除霊などできるのだろうか。

「霊を駆除する先生の勇姿は是非見てみたい。でも、その前に担当者として綺麗事の限りを尽くしてみようかと思っています。無様に失敗したときは宜《よろ》しくお願いいたします」

百合は少し怒ったように見えたが、そんなことにはおかまいなく御劔がスケッチブックを広げた。

「それより先生にお聞きしたかったんです。うちの幽霊を描いてみようと思ったんですが、なにしろ見えないもので、似てますか」

学生帽にランニングシャツ。髪は短いようだ。そんな男の子のデッサン画だった。

「カナちゃんだと白い顔に目や口の穴がぼんやり見える程度らしいんです。でも、それはその子の本当の顔じゃないですよね。先生ならもっとはっきり顔が見えているんじゃないですか」

「……あまり似てません。目は大きな二重です。眉毛《まゆげ》は太くて」

御劔は急いで目と眉毛を消しゴムで消した。

「ちょっと待ってください。二重ですね、眉《まゆ》は太いと」

立ったまま、早業で描き直していく。

「眉はそんな一直線じゃなくて、弧を描くようなゲジゲジです。鼻は低かったかな…

…そんなもの描いてどうするんです？」

「見えないんだからイメージしたいじゃないですか。あ、顔の輪郭は？」

質問を重ね、少年を完成させていった。わずか五分ほどで、やんちゃそうで生き生きとした男の子の姿が浮かび上がる。

「こんなものでしょうか」

「一昨日《おととい》一度見ただけですから……でも、かなり似ていると思います」

「ありがとうございます。そっか、この子か」

御劔は満足そうだった。幽霊少年に命が宿ったのだ。

向かいの棟の駐車場に車が一台入ってきた。出てきたのは昨日の朝会った、村井という男性だった。

「村井さんっ」

御劔はスケッチブックを抱え、駆け出した。

「この子、見たことありませんか」

村井に描き上げたばかりの絵を見せた。かなり暗くなっていたが、アパートの電灯でも見ることはできる。

「なんだ、あんた……。知らないよ、こんな子供。だいたい、これ今の子じゃないだろう」

「じゃあ、何か思い出したことは？　些細《ささい》なことでもいいんです」

相変わらず胡散《うさん》臭いものを見る目だが、絵には興味を持ったようだ。

「別に話すようなことはない。しかし、この絵、かなり昭和だよな。吉田さんもこんな感じの男の子が表紙に描かれた古い漫画買っていたことがあったけど」

「古い漫画ですか」

「ああ、四、五十年も前くらいの漫画雑誌だよ。古本屋で見つけてきたとか言って嬉《うれ》しそうだった」

「吉田さんが自分のために買ったんですか」

「喜んでくれるといいんだけど、って言ってたから誰かにくれてやるつもりだったんじゃないかな」

御劔は村井の手を取った。その表情から察するに、光明を見たのだろう。

「ありがとう、で、すみません。吉田さんの写真ありませんか。見せてください。必要なんです」

村井はかなり面食らったようだが、ガクガクと肯《うなず》く。

「社員旅行のときの写真ならあったかな。探してみる」

自分の部屋に入った村井のあとを追い、御劔は玄関先で話しかける。

「吉田さんは霊感が強くありませんでしたか」

「さあな。そういうこと軽々しく口にする人じゃなかった。昼休みに女子社員が写メ見て、これ心霊写真じゃないかって怖がって騒いでいたときも、それは違うよって言ってたくらいだ」

村井は写真を見つけ、御劔に差し出した。

「ほら、これ。この右の人だよ。実際は写真よりもう少し痩《や》せていたな」

「助かります。二日ほどお借りしてよろしいでしょうか」

「……変なことに使ったら許さないぞ」

牽制《けんせい》する村井に、奏が応《こた》えた。

「ご心配なく。絶対に絶対に、大丈夫です。御劔さんはパッと見、変ですが、信じるに値する人です！」

正直御劔が何を考えているのかはわからなかった。それでも、御劔を信じている。

「じゃあ、あとで事の顚末《てんまつ》を教えてくれよ。もうじきあの人が亡くなって一年なんだ」

御劔は真摯《しんし》に肯く。

「一年ですか。亡くなられた日はいつですか」

村井が教えてくれた命日は三日後だった。

写真を受け取り、B棟を出る。

「カナちゃんありがと。抱きしめてもいい？」

「それは遠慮しておきます。でも、写真や絵をどうするんですか」

外はもう夜だった。百合も呆れて帰ったらしい。

「もうストーリーはできている。エンディングは彼次第。カナちゃん、明日《あした》手伝いに来てくれるかなあ」

3

御劔は紙芝居を作ろうとしているのだ。そのために幽霊少年と前住人の顔が必要だったのだろう。どういうストーリーが出来上がったのかまではわからない。

翌日は昼前に御劔の部屋に到着した。祖父が大きな饅頭《まんじゅう》を三つ奏に持たせた。何故三つなのかと思ったが、どうやら一つは仏さんに、ということらしい。

御劔を手伝いに、部屋まで来た奏は押し入れから顔を背けた。

「……いますね」

押し入れの隙間からじっとこちらを向いている白い影。少年の真っ黒い眼窩《がんか》はどんな目つきより怖ろしい。何があろうと、この部屋の所有権を手放す気はないと見える。

「え、いるんだ？」

ちゃぶ台で絵を描いていた御劔が顔を上げた。

「押し入れ開いているの、御劔さんでもわかるよね」

「うん、いつの間にか少し開くね」

「そのときはそこにいるんだと思って間違いないです」

御劔が見えない分、奏の霊感が強くなってきたような気がする。御劔が描いた幽霊少年の絵が頭に残っているせいか、前より少し顔が人の形に見えるようになっていた。なんであれ、怖いものは怖い。正直、這《は》いつくばって逃げ出したいのを歯噛《はが》みして耐えている状態だ。日吉にも言ったが、耐えてはいても平気なわけじゃない。まさかこんなにどっぷり異常な体験にはまり込む羽目になるとは思わなかった。

奏は四つん這いになって、押し入れの前に饅頭を一個置く。お供えして、すぐさま後ろに引く。

「じ……じいちゃんが持っていけって」

「カナちゃんのおじいさんは気が利くねえ」

饅頭だけだと食べづらいかもしれない。お茶でも出してやりたいが、凶器になるものはむやみに置けなかった。

少年が一度饅頭に目をやったように見えた。だが、そのまますっと消えてしまう。この手の幽霊にこういう供え物は効果があるのかどうか、かえって怒らせはしないかと不安なところはある。それでも饅頭は飛んでこなかった。

「やっぱり紙芝居、作ってたんだ」

御劔の隣に座り、絵コンテを覗《のぞ》き込む。

ちゃぶ台には紙芝居用の厚紙が何枚も置かれていた。ほとんど下書きの段階だった。

「これ、もしかしてあの子供に見せるんですか」

「うん。そのつもり」

「見てくれるかなあ……御劔さんと意志の疎通できてないから」

幽霊少年は好き勝手に出たり消えたりしているようだ。わざと御劔の後ろに回ることもある。

「そのときは隣の先生に手伝ってもらおうかと思ってる。駆除できるくらいなら、呼びかけるのもできるんじゃないかな」

「大野先生、御劔さんのやり方をあまりよく思っていなかったみたいだけど」

御劔は悲しそうな顔をした。

「嫌われたのかなあ」

「というか、戸惑っているんじゃないかな」

霊感があることで怖い思いを随分してきたのだろうと思う。幽霊の性格の悪さを罵《のの》りたくもなるだろう。

それなのにこの脳天気な霊無能力者は一切の害を受けず、怖い思いもせず、ごく気楽に、成仏させられるならそっちの方がいい、とかのたまうのだ。大野百合の気持ちもわかる気がした。

しかし、少なくとも紙芝居屋の御劔には興味があったから、大野百合はわざわざ店まで来た筈《はず》なのだ。

「描きましょう。おれでも何か手伝える？」

「うんうん。そのつもりで来てもらったんだ。まずは近くのコンビニから油性マジックと筆ペン三本とおにぎり買ってきてくれるかな」

言われたとおりお使いに行き、そのあとはおにぎりを食べながら色を塗ったり、消しゴムをかけたりするのを手伝った。漫画家のアシスタントにでもなった気がして楽しい。幽霊さえ見えなければ、風通しも良く、明るい部屋だった。

御劔はこれを明後日《あさって》までに仕上げるという。おそらく亡くなった前住人の命日に合わせるつもりなのだろう。ゆうべもほとんど徹夜だったらしい。御劔が起きているからか、霊は騒がないようだ。

「ここも黒ですか」

「そう。ベタッと塗ってくれればいいよ」

「おれ明日警察署に行って感謝状もらってきます」

先日、警察から連絡が来た。

「ああ、例の変質者捕まえた、アレね。すごいな、カナちゃん」

「大野先生は断ったらしいんです。ちょっと追いかけただけだし、女だから下手に変質者に恨まれたくないからって。おれ一人で貰《もら》っていいのかな」

「先生は合理的だね。カナちゃんは堂々と表彰されておいで。おじいさん喜ぶよ」

「終わってから手伝いにきます」

そんな会話をしながら作業を進めた。

幽霊少年はもしかしたらこの様子を見ているだろうか。どう思っているのか。幽霊を無視してお絵かきをする二人組。絵を描いているということはわかっても、御劔の目的まではわからないだろう。

ストーリーはまだよくわからない。前に見た怪奇ものよりずっと柔らかい絵柄だ。とても良い紙芝居になりそうだった。


翌日になって奏は感謝状をもらうために警察署に行った。

地元の新聞社も来ていたので、もしかしたら写真が載るのかもしれない。大野百合が避けたのもわかる気がした。

そこでちょっと気になる話を耳にした。捕まった変質者が留置場の中で、幽霊がいると騒いでまともに取り調べが進んでいないらしいのだ。

記者は精神障害を装っているんじゃないかと言っていた。

留置場からは逃げられない。もし本当に心霊現象が起きたならさぞ怖いのだろうな、と少しだけ同情した。

賞状を持ったまま、自転車で御劔の部屋に向かう。連日通っているが、御劔の作戦が功を奏するなら明日《あした》で最後になる。

蟬も鳴かない夏の終わり。学校ももうじき始まる。御劔のストーリーは祖父を助けてくれた。幽霊少年成仏大作戦もなんとしても成功させたかった。

御劔の部屋に行くと、かなりの絵が出来上がっていた。ものすごいスピードで描いている。とろいというか、おっとりした人だがこと絵に関しては違う。

納涼祭の怪奇ものはどろどろした雰囲気を出すために、濃い色使いをしていたようだが、これは濃淡を使い分けて、叙情的に描かれていた。御劔の作風の幅広さに改めて驚く。

幽霊少年は見えない。ただし、壁の穴が増えていた。

「夜中に少しうたた寝してしまって。起きたら、あのとおり。マグカップを出しっ放しにしてたのは失敗だったなぁ」

「無事でなによりです」

これだけの穴が空いているのに、音で気付かないのだから、御劔の霊感ゼロはやはり別の意味で霊能力といえるのかもしれない。

「昨日、大野先生に紙芝居をやるとき来てくれないかと頼んだよ」

「どうでした？」

御劔はにっこり笑った。

「来てくれるそうだよ。御劔さんが失敗したら後始末しなきゃいけませんからって。優しいねえ、彼女」

それは半分皮肉ではなかろうか、そう思ったが口にしない。

紙芝居は徐々に完成に近づいていた。そこには幽霊少年と生前の吉田さんの物語があった。


翌日。御劔は朝早く地下の部屋に戻り、衣装と紙芝居の木枠などを運んできた。客の子供が一人でも、手を抜く気はないようだ。

「カーテンとか閉めておいた方がいいでしょうか」

「紙芝居は空の下でやるものだから、明るくていいよ」

「窓開けてると、外がうるさいかも」

「昔だっていろんな音がしたもんだよ。変な宗教の街宣とか豆腐屋のラッパとかね。紙芝居屋もその一つ」

着替えをしながら話をする。問題は今日に限って幽霊少年が姿を見せないことだ。街頭の雰囲気を出すために玄関を開け放っている。現在このアパートの二階には御劔と大野百合しか住んでいない。

「御劔さん、足らんもんがありますぞ」

ひょいと顔を出したのは奏の祖父平治だった。

「じいちゃん、来たのか」

「客の子が生きていた頃を知っているのは私だ。若造だけではこころもとない」

平治は買ってきたものを広げた。水飴《みずあめ》、かたぬき、酢昆布などの駄菓子だった。

「ネタあっての紙芝居です。忘れてはいけない」

紙芝居の前に売られる菓子のことをネタというらしい。

「そこまで手が回りませんでした。ありがとうございます」

御劔は駄菓子を見て喜んだ。

「駄菓子の卸問屋まで行ってきました。これがなきゃ始まらない」

平治は押し入れの方に向かって言う。

「全部私のおごりだ。坊主、遠慮せんで食っていいからな」

なんだか押し入れに引き籠《こ》もっている子を天岩戸《あまのいわと》的手法で誘い出そうとしているような気がしてきた。しかしたぶん、これからするのは除霊なのだ。

「失礼します」

大野百合が入って来た。

「そろそろ始まるんでしょ。御劔さんのお手並み拝見させていただきますね」

百合は内鍵《うちかぎ》を閉めて部屋に入った。

「セールスでも来たら面倒ですものね。ここだけは閉めた方がいいです」

「先生、すみません。お手数おかけします」

百合に奏の祖父を紹介し、御劔は紙芝居用の脚立を立てた。ちゃぶ台の上に置くことも考えたが、そうなると自分も座って上演しなければならない。

「それじゃ講談師みたいですからねえ」

雰囲気が出ないと試行錯誤して高さを調整していた。

「ふむ。普通は自転車の荷台に積んだままやるものだが、部屋の中では無理か」

「でも、これは本当に古いものですね。付喪神《つくもがみ》でも憑いていそうなセットです」

平治と百合は三方向から開かれる紙芝居用の古い舞台に興味津々だった。

「座布団一枚しかないので、それを子供の席にして、カナちゃんと木崎さんが両脇に座ってもらえますか。みんな水飴持ってくださいね」

御劔は押し入れを少し開けて出てきたら目の前に彼の席があるように配置した。といっても肝心の幽霊少年が出て来ない。

「水飴あるよ、酢昆布あるよ、紙芝居が始まるよお」

御劔が拍子木を鳴らし、声をかけてみた。

「……出ません」

酢昆布に釣られるほど可愛い幽霊なら、誰も苦労していなかったのではないかと奏は思う。

「しょうがないな、出てくるまで待とうか」

御劔は頭を掻《か》いた。

「警戒してるみたいですね。これじゃいつ出るかわかりません。わたしも新学期の準備がありますから」

百合はポケットから青い小瓶を取り出した。捕まえた変質者に匂いを嗅《か》がせた小瓶だった。

「わたしが霊媒になって、三十分以内で終わらせます」

百合は小瓶を持ったまま座布団に座った。

「ご自分の中に憑依《ひょうい》させるつもりですか」

「そういうことです」

御劔の問いにこともなげに答えた。

「先生、それ危ないんじゃ」

驚く奏に、平気よと答える。

「御劔さんにその力がないから死者に声が届かないんです。騒霊となって投げてきたものも、御劔さんにはぶつからなかったでしょう。別次元にいるんです。紙芝居の内容をそれなりに理解してもらうためには、つなぐ人が必要です」

百合は水飴を手にして、ペロリと舐《な》めた。

「御劔さんは拍子木で子供を呼んでください」

着流しの御劔は白いパナマ帽をかぶった。百合に言われたとおりもう一度拍子木を鳴らす。十回近くも鳴らしたところで、襖が開く音がした。見れば押し入れの襖がわずかにあいている。

百合の体ががくんと揺れた。首尾良く取り憑《つ》かれたのだ。大丈夫なのかと思ったが、それを合図に御劔は紙芝居を始めた。


『これより紙芝居〈幽霊とおじさん〉の始まり始まり』

上と左右の扉を次々と開けていくと、青い空に題字が大きく並んでいた。その一枚を引く。

『ある町に一人の少年がおりました。少年は誰にも見つけてもらえません。たまに気付く人がいても怖がられて「きゃあ」と逃げられてしまいます』

半分体が透けた子供が跨線橋《こせんきょう》の下にうずくまっている。膝《ひざ》を抱えて座っているが、皆気付かないらしく通行人は足早に去って行く。そんな寂しい絵だった。百合は瞬《まばた》きもせずじっと見ていた。明らかにいつもと表情が違う。

『なぜなら少年はもう死んでいたからです。雨風にさらされ、孤独な日々を何十年もおくってきた少年には何故自分が死んだのか、何故天国に行けずにここに縛られているのか、思い出せなくなっていました。「僕はずっとこのままなんだ」少年はもうあきらめていました。涙なんかとうの昔に涸《か》れ果てています』

新しい絵に変わる。

『そんなある日のこと。少年に気付いた人がいました。初めは恐がり、見なかったふりをして通り過ぎました。幽霊は生きている人から見て、とても恐ろしいものなのだと少年もわかっていました』

会社帰りの中年男性が幽霊少年と出会う場面だった。暗い世界で少年とおじさんだけにぽっかりと照明が当たっている。

『しかし、その人は戻ってくると少年に手を差し伸べたのです。「寒くはないかい」そんな優しい言葉をかけてくれた人が今までいたでしょうか。その男の人は吉田さんといいました』

幽霊少年にはこう見えたであろう、優しそうな中年男性の顔。

『吉田さんは会社で働く普通のおじさんです。家族がいたのですが、今は一人で暮らしていました。吉田さんも本当は幽霊は怖いのです。でも、淋《さび》しそうな少年を見て、放っておけない気持ちになってしまいました。吉田さんと少年はどちらもひとりぼっちだったのです』

二人の指が触れる。どこかで観たような画《え》だった。

『吉田さんは恐ろしい気持ちを堪《こら》えて少年に言います。「……うちに来るかい」野良《のら》幽霊だった少年は驚きました。「おじさん、僕はオバケだよ」

『「君は私を呪うのかい」「そんなことしないよ」「ハハハ、なら問題はないだろう」吉田さんはおおらかな人でした』

おおらか過ぎるだろうと思うが、実際にこういうやりとりがあったのかもしれない。少年を取り込んだ百合は飴《あめ》を口にくわえたまま、少し潤んだ目で吉田さんの絵を見つめている。

『「好きなようにくつろいでいいぞ」吉田さんのアパートは小さいけれど、居心地の良い場所でした。魂のまま彷徨《さまよ》っていた少年には夢のようでした』

幽霊を家に連れ込んでしまう絵に怖さはない。

『少年は吉田さんと一緒にテレビを見て、一緒に食卓につきました。毎日、仕事に行く吉田さんを「いってらっしゃい」と見送り、「おかえりなさい」と迎えます』

百合の目から涙がぽろりとこぼれ落ちた。百合の中の少年は一年ぶりに吉田さんに会えたのだ。

『ある日、吉田さんが一冊の漫画を買ってきてくれました。とても古い雑誌です。表紙の子供は学生帽をかぶっています。「おまえに似ているだろう」「そうかなあ」少年は自分が幽霊であることを忘れるくらい幸せでした』

漫画雑誌に〈冒険〉〈少年少女〉という文字が大きく躍っている。

『ところが、ある日を境に吉田さんは帰ってきませんでした……。少年はひとりぼっちの部屋で待ち続けます』

御劔の声はひどく淋しいものだった。ぐっと胸に迫る。

『「おじさん、どうしたの。おいら、淋しいよ。帰ってきてよ」少年は知らなかったのです。吉田さんが仕事中に倒れ、病院に運ばれたまま死んでしまったことを。吉田さんはもう二度とこの部屋には帰ってこられないのです』

このあたりで奏と平治の涙腺《るいせん》が決壊した。ぼろぼろと泣き出す若者と老人に挟まれた百合は表情も固まっている。茫然《ぼうぜん》というのはこういう顔をいうのだろう。百合の中の少年がやっと大切な人の死を理解したのだ。

『帰ってこない吉田さんを待っているのに、見ず知らずの人間が部屋に上がり込みます。持ち物まで運び出されてしまいました。「やめろ」叫んでも、幽霊にはどうすることもできません』

もう十枚以上の絵が引き抜かれている。終盤になっても絵のクオリティはまったく落ちていなかった。どこからか竿竹《さおだけ》売りの車の音がするが、皆紙芝居に集中して気にもしなかった。

『少年は怖い幽霊になって、一所懸命に人間たちを追い出しました。「ここはおじさんとおいらの部屋だ、出て行け」』

心なしか追い出されている青年が奏に似ている。どうも御劔は身近な人間をモデルにする傾向があるらしい。しかし、姉のことがあるので文句も言えない。なにより怪しい同人誌でモデルにされるよりはマシだ。

『吉田さんが亡くなって一年。少年は部屋を守ってきました。どこからか少年を呼ぶ声がします。「ごめんな、帰ってこられなくなって。こっちへ来ておくれ。会いたいよ」』

御劔は百合の顔を見つめた。

『少年の運命はここで二つに分かれます。一つは吉田さんのいるところへ自分の意志で行くこと。もう一つは絶対に吉田さんが帰ってこないこの部屋で一人、人間に怖がられ続け、いつしか吉田さんと暮らした日々まで忘れてしまうことです』

御劔はすっと素に戻って語りかけた。

「君はどちらを選ぶんだい？」

百合の体が左右に揺れていた。

うがあぁ……うめき声は百合の声とはちがう。絶望を振り切るかのような声はこの世のものではなかった。

恐ろしいが、ここで怖がるのは良くない。じいちゃんのように男なら歯を食いしばって我慢しなければならない、と奏は耐える。百合など自分の体に幽霊を憑依《ひょうい》させているのだ。

「吉田さんが君を待っている」

もちろん御劔にそんなことがわかるわけがない。それでもこの一言が決め手となったようだ。エクトプラズムというやつだろうか、百合の口から細く湯気のようなものが立ち上り、天井へ消えていった。

室内にあった独特の重さやよどみも消える。少年は本当にここから去っていったのだ。奏と平治は背中を丸めて、長く安堵《あんど》の息を吐いた。

御劔が最後の一枚を引く。

『少年は吉田さんのいる天国を選びました。もう二人は淋しくありません』

祖父と孫がこれでもかと泣きながら拍手した。

「はあ……昇天したんですか。良かった、ラストはこれしか用意してなかったんですよ」

御劔はひどく疲れたようにその場に座りこみ、青ざめて口元を押さえている百合に話しかけた。

「……ありがとう。待ちぼうけは辛《つら》いんです」

大野百合に顔色が戻ってきた。

真っ青な空。囲む緑の山並み。あまりに爽《さわ》やかで平和すぎて、ついさっきまで体に幽霊が取り憑《つ》いていたとは思えない。

(動く……わたしだわ)

百合は指を動かして、ほっとする。

アパート脇の公園は他にベビーカーを押す若い母親くらいしかいなかった。

奏の祖父が水筒に入れて持ってきていた熱いお茶を一口いただく。夏でもお茶は熱い方が好きだった。

「大丈夫ですか、大野先生」

奏は心配そうだった。

「倦怠感《けんたい》があるけど……これくらいなら」

幽霊少年は悪霊というほどのものではなかった。あの程度なら中に入ってこられてもそう苦しいものではない。ただ、感情を共有することになるのできつい。赤の他人の切なさまで抱え込みたくない。

「素晴らしいですな。あなたは何十年も彷徨っていた子供を助けた」

いかにも頑固者とお見受けする老人に賞賛され、百合は少し居心地が悪い。助けようなんて思っていたわけじゃない。御劔が失敗したらそれ見たことかと言ってやりたかっただけだった。

少年はあの紙芝居を観て、自分の意志で成仏したのだ。

「たいしたことはしてません。あ、木崎君。明後日《あさって》から学校だからね。課題とか終わってる？」

「まだ少し残ってます」

「じゃあ、ほら。帰ってやらなきゃ。日吉君の物理の宿題もみてやらなきゃならないんでしょ」

えっ、と目を丸くする奏が可愛らしい。男子高校生の理想形のような子だ。今日霊媒を務めたことを口止めするまでもないだろう。

「はい、帰ります。ほら、じいちゃん行くぞ」

奏の祖父は軽トラックでやってきていた。荷台に自転車を載せる。

「御劔さん、次は店の方に会いにいきます」

「うん。待ってる」

着流しの三十路《みそじ》男と爽やか男子高校生がぺちんと掌《てのひら》を重ねた。百合から見れば不思議な友情だった。

軽トラが去って行き、公園のベンチに御劔と百合が残された。

「大野先生は霊感があるとかいうレベルではなさそうですね」

「御劔さんこそ霊感がないというレベルではなさそうですけど」

同時に脱力したように笑う。

「今回は運が良かっただけです。あんな甘い死人ばかりじゃありません」

「でしょうねえ」

気楽な口調で返され、腹立たしかった。それでいて、この男の緩さに少し惹《ひ》かれるところもあった。

「さっき持っていた青い小瓶は味海苔《のり》のケースかな」

わけのわからないことを訊《き》かれた。

「なんですか、それ？」

「……いえ、なんでもありません」

意味不明だが、百合も小瓶のことは訊かれたくなかった。あれは誰にも言えない。墓場まで持っていくこと。

「ところで、アパートはこれで解決ですけど、あの喫茶店、何かいますね」

「はい。亀がいます……何か匂いましたか？」

眼鏡の下の目が心配そうに見つめてくる。

「そういう実体のあるものじゃありません」

この男、すっとぼけているのか、本気なのかわからないから困る。

「あ、幽霊ですか」

「よくわかりませんけど、悪いものじゃないと思います」

御劔は少し考え込んだ。心当たりがあるのかもしれない。霊感のまったくない男が感じる〈何か〉とはなんなのか興味がある。

「そういえば、〈ひがな〉は良い場所にあるとおっしゃってましたね」

「あそこ霊の道に近いんです。それは客商売には向いていることがあります」

「座敷童《ざしきわらし》みたいな？」

「そこまで可愛くないですけど。とにかく吉凶が強く出そうな場所です」

必ずしも良いことばかりではないということだ。

「意味深ですねえ。ところで初めて紙芝居を観ていただきましたね。どうでしたか」

百合は少し考え込んだが、正直に答えることにした。

「文化や歴史的価値からは面白かったですね。でも、わたしは紙芝居に興味があったんじゃないんです。日吉君からミツルギという名前を聞いたからです。あなたに興味があったんです。大家さんに幽霊部屋の挑戦者として紹介したのもわざと。うっかりじゃありません。あなたを知るためです」

御劔は意外にも思わなかったようだ。なんとなく感じていたことだったのだろう。当初、幽霊を怖がる振りをしてみせたのも、猫をかぶっているとわかっていたのではないか。

「逆ナンパ？」

「違います」

異性への礼儀として一応残念がってみせる。無駄に義理堅い男だ。

「じゃあ怨恨《えんこん》かな」

「かもしれません」

ぽっかり間があいた。

通じるとは思わなかった。彼はなんの身に覚えもないのだから。

「困ったな」

何故とは訊かない。

「ご心配なく。あなたにひどいことしようなんて思ってません。ここに赴任して来たのも偶然です」

大人になったらもろもろ吹っ切れると思っていた。時間が解決すると願っていた。でもそうでもなかった。隠していたものがこの男の前では出てしまう。着流しにパナマ帽で紙芝居を上演するようなおかしな男なら、何もかも軽く受け流してくれるだろうか。

「それは先生が知っていた〈御劔〉さんに絡んでのことですか」

「内緒です」

百合は立ち上がった。

「失礼します。さ、休み明けの試験の準備しなきゃ」

「今日は本当にありがとうございました」

御劔が改めて礼を言う。向こうも今ここで追及する気はないらしい。狐と狸にでもなった気分だった。

「いえ……あなたの仰《おつしや》るとおり、待ちぼうけは辛いですから」

除霊ごっこは終わり。仕事仕事。あの学校の子たちは呑気《のんき》なようだ。試験は少し難しくしてやらないと。

百合は公園を出てアパートに戻る。

隣の部屋に、少年はもういない。

この作品は書き下ろしです。

なぞとき紙芝居《かみしばい》

中村《なかむら》ふみ

角川ホラー文庫　　Hなろ4-1　　18984

平成27年2月25日　初版発行

発行者――堀内大示
発行所――株式会社KADOKAWA
東京都千代田区富士見2-13-3
電話(03)3238-8521(営業)
〒102-8177
http://www.kadokawa.co.jp/
編　集――角川書店
東京都千代田区富士見1-8-19
電話(03)3238-8555(編集部)
〒102-8078
印刷所――旭印刷　製本所――BBC
装幀者――田島照久

ISBN978-4-04-102326-6 C0193

角川文庫発刊に際して

角川源義

第二次世界大戦の敗北は、軍事力の敗北であった以上に、私たちの若い文化力の敗退であった。私たちの文化が戦争に対して如何に無力であり、単なるあだ花に過ぎなかったかを、私たちは身を以て体験し痛感した。西洋近代文化の摂取にとって、明治以後八十年の歳月は決して短かすぎたとは言えない。にもかかわらず、近代文化の伝統を確立し、自由な批判と柔軟な良識に富む文化層として自らを形成することに私たちは失敗して来た。そしてこれは、各層への文化の普及滲透を任務とする出版人の責任でもあった。

一九四五年以来、私たちは再び振出しに戻り、第一歩から踏み出すことを余儀なくされた。これは大きな不幸ではあるが、反面、これまでの混沌・未熟・歪曲の中にあった我が国の文化に秩序と確たる基礎を齎らすためには絶好の機会でもある。角川書店は、このような祖国の文化的危機にあたり、微力をも顧みず再建の礎石たるべき抱負と決意とをもって出発したが、ここに創立以来の念願を果すべく角川文庫を発刊する。これまで刊行されたあらゆる全集叢書文庫類の長所と短所とを検討し、古今東西の不朽の典籍を、良心的編集のもとに、廉価に、そして書架にふさわしい美本として、多くのひとびとに提供しようとする。しかし私たちは徒らに百科全書的な知識のジレッタントを作ることを目的とせず、あくまで祖国の文化に秩序と再建への道を示し、この文庫を角川書店の栄ある事業として、今後永久に継続発展せしめ、学芸と教養との殿堂として大成せんことを期したい。多くの読書子の愛情ある忠言と支持とによって、この希望と抱負とを完遂せしめられんことを願う。

一九四九年五月三日